陰陽

鬼龍光一シリーズ

今野 敏

目次

——倭国乱れ、相攻伐すること歴年
乃ち共に一女子を立てて王と為す
名づけて卑弥呼という
鬼道を事とし、能く衆を惑わす——

（『三国志魏志東夷伝倭人条』より）

主な登場人物

鬼龍光一　「鬼道衆」の血筋をひく祓師
安倍孝景　「奥州勢」の血筋をひく祓師

富野輝彦　警視庁生活安全部少年一課に勤務する巡査部長
矢崎寛久　警視庁刑事部捜査一課に勤務
田端守雄　警視庁刑事部捜査一課長
本宮奈緒美　臨床心理学者
寺本　渋谷署の刑事

安原猛　連続少女暴行殺人事件の容疑者
木島良次　連続少女暴行殺人事件の容疑者
仲根亜由美　女子高校生
下村達也　男子高校生
鳥飼　高校の体育教師
楢崎佳子　高校の保健師

1

これで終わりにしなければならない。

富野輝彦は、地面を見下ろしてそう思った。林の中は、濃い緑のにおいが満ちている。木々の精を感じる。

林の中に深く分け入った場所に、その遺体はあった。まだ腐乱は始まっていない。鑑識の話だと、死後硬直や死斑の具合、眼球の水晶体の白濁の具合などから判断して、死後十二時間ほどだろうということだ。

生前は美しい少女だったに違いない。

高校生くらいの年齢だろうか。十代らしい肉づきをしている。それが痛々しい。

全裸の死体だった。衣類は周囲に散乱しており、暴行された痕跡がある。全身のありとあらゆる場所に打たれたり、握られたりした跡が残っていた。手首には粘着テープのノリも付着していた。そして絞殺されたのだ。もしかしたら、性行為をしながら首を絞めたのかもしれない。

そういうことが好きなやつがいる。

別の意見の専門家もいるだろう。

いたぶって殺すことが目的で、性行為は、死後に行われた可能性もある。

女性の泣き叫ぶ姿に興奮し、惨殺することにこの上ない満足を覚える。その結果として、死体と交わるのだ。

犯人は、死体を隠そうともしなかった。林の中に放置していったのだ。

「三人目だな」

背後から声がした。「手口が似ている。同一の犯人と見ていいだろう」

警視庁捜査一課の刑事だ。捜査一課から二つの班がこの事件に投入されている。

刑事の名は、矢崎寛久。たしか、四十を過ぎたばかりだ。叩き上げで、いかにも刑事らしい刑事だ。生粋の警察官であることは、背広の着こなしでわかる。紺色の背広を好むし、制服のようにぴしっと着こなしている。

「おまえさん、あまりこういう現場には縁がないんだろう」

矢崎は、どこか面白がっているように言った。新米刑事と同じだと思っているらしい。

「たしかにね……」

富野輝彦はこたえた。「少年課の案件には、あまりこういう現場はありません」

矢崎は、すでにシートが被せられている被害者を見下ろして言った。

「もっとひでえ遺体もあるよ。殺した後、遺体を切り刻まずにはいられない変態野郎がいるんだ。腹を割いて新しいワレメを作って、そこにイチモツを突っ込んで射精するやつもいる」

矢崎は富野の反応を楽しんでいるようだ。そんな遊びにつきあうつもりはなかった。

「死体損壊がないからといって、ましだとは思えませんね。殺されたことが問題なんです」

矢崎は富野の冷静な物言いに、鼻白んだ様子だった。

「そりゃそうだがよ……」

富野はその場を離れることにした。もう充分に現場は見た。離れ際、富野は言った。

「遺体はそれほど見慣れてませんが、若い女の子は見慣れてます。特別な感慨もありません。少年課なんでね」

それを聞いて、矢崎が少しばかり傷ついた顔をした。

この遺体を見て、心を痛めているのはむしろ、矢崎のほうかもしれない。

富野はそう思った。

少女が無残な殺され方をする。この中年の刑事にはそれが辛いようだ。もしかしたら、同年代の娘がいるのかもしれない。

矢崎は、明らかに怒っている。刑事は皆そうだ。犯罪者に対して怒りを覚える。富野はそのささやかなはけ口にされたに過ぎない。

無言でその場を離れた。

林の脇の国道に、パトカーや警察のバンが駐車していた。東京都下の山林の中だ。捜査員個人の車もある。

そうした車の中の一台の側に、白衣を着た女性が立っていた。捜査員の一人と話をしている。

富野の暫定的な相棒だ。

捜査員たちは、彼女のことを煙たがっているが、個人的には話をしたがっているように見える。

まあ、それも無理はない。誰もが認める美人だ。それだけではない。彼女には知性もそなわっている。

名前は、本宮奈緒美。年齢は三十前後だろう。正確な年齢は、富野も知らない。女性に年齢を尋ねるのは失礼だという常識を持ち合わせていたし、それ以上に年齢には興味がなかった。

彼女が何者であり、何をしようとしているのかということのほうが重要だった。

彼女は、今回の連続婦女暴行殺人事件の捜査本部に突然現れた。彼女を連れてきたのが警察庁の刑事課長とあって、誰もが唖然とした。

警察庁・刑事課長の説明によると、彼女は臨床心理学者であり、異常犯罪の専門家だということだった。刑事課長は、シリアル・ケースという言葉を使った。殺人や強姦などを繰り返す犯罪者を研究しているらしい。

心理学の専門家は、アメリカの犯罪捜査において、大きな役割を果たしている。今後、日本の捜査でもその必要性が高まるだろうと、警察庁の課長は言った。

昔ながらの捜査員たちは、困惑の表情だった。心理学者が捜査本部に参加するというだけでも抵抗があるのに、この学者は女性なのだ。

警察はいまだに頑迷な男性社会だ。

だが、捜査本部の大方の刑事たちとは違い、富野はまったく彼女のことを気にしていなかった。

富野自身が、捜査本部の中では異質な存在だった。彼は捜査課の所属ではない。警視庁生活安全部・少年一課の巡査部長だ。

過去二人の少女が暴行された上に殺害された。手口から同一犯人の犯行と見られている。いくつかの目撃証言から、犯人は少年らしいということがわかった。

少年による少女の連続殺人事件。

そういうわけで、少年一課からも捜査本部に人を出すようにお声がかかった。富野は、少年犯罪の担当者として捜査本部に参加していた。

捜査員は、二人一組で行動することになっている。捜査本部の幹部たちは、富野と本宮奈緒美を組ませることにした。予備班扱いだった。

予備班というのは、通常ベテラン捜査員が担当する。捜査本部のデスクだ。だが、富野と本宮奈緒美の立場は明らかにそうではない。捜査員たちは、本宮奈緒美をお荷物と考えており、少年一課から来た毛色の違う捜査員の富野にそのお守りをさせようと考えたに違いなかった。

羨望の眼差しで富野を見る若い捜査員もいる。だが、富野はべつにうれしくはなかった。この女とは反りが合わない。一目見たときにそう直感した。

すらりと背が高く、色が白い。髪はいつもアップにしている。下ろすとけっこう長いのかもしれない。黒目がちでアーモンド型の目をしている。本宮奈緒美が美人だということは、おそらくほとんどすべての男が認めるだろう。

だが、富野は組まされたことが別にうれしくはなかった。

「遺体は見たか？」

富野は尋ねた。

「見たわ」

本宮奈緒美はまったく動揺した様子を見せずに言った。

まあ、かわいげはないが、度を失ったり、気分が悪くなったなどと言われるよりはいい。

「手口が、前の二件と共通しているようだと、捜査員たちは言っていた。死後、十二時間くらいだということだ」

「同じ犯人ね」

「どうして、遺体を放り出して行ったんだ？」

「興味がなくなったからでしょう」

「興味？」

「子供が壊れたおもちゃを捨てるようなものよ」

「おそろしく幼稚な犯人像だな」

「前の二回も同様でしょう。死体を隠そうとはしなかった……。まるで、役に立たなくなったおもちゃを放り出したように」

隣にいた捜査員が二人の会話に割り込んだ。

「その幼稚な犯人がまだ捕まらないのはどういうわけなんです？」

捜査員は明らかに苛立っている。

本宮奈緒美は、捜査員を見た。富野は、その眼に媚びるような妖艶さがあるような気がした。

「偏執的な潔癖さは、こうした犯罪者にしばしば見られる傾向よ。犯人は、体液や体毛以外、証拠となるものをまったく残していない。計画性というより、潔癖な性格のせいだと思うわ」

捜査員は、本宮奈緒美に見つめられて、照れたように眼をそらした。彼はぼそりとつぶやいた。

「潔癖さね……」

気に入らない事件だ。

富野は思った。

猟奇的だからというわけではない。捜査線上に浮かんだ犯人像と、犯罪の内容が富野の中でしっくりと結びつかないのだ。

これは、中年変質者の手口だ。富野はそう感じる。少年たちの性犯罪は、たいてい複数で行われる。そして、たいていは殺人までは至らない。

足立区のコンクリート詰め殺人事件があったが、あれは、結果的に被害者の女性が死んでしまったのだ。輪姦したときに殺したわけではない。

最初の捜査会議のときに、そのことは発言した。だが、刑事たちはあまり熱心に耳を傾けようとしなかった。

事実、二人の被害者といっしょにいる少年が複数の人間に目撃されている。

そのとき、ふと富野は一人の男に気づいた。道路の端に立ち、山林の木々を見上げている。

痩せた背の高い男だ。マスコミの連中は、警官の制止をかいくぐり、なんとか現場に近づこうとしている。その男は、そうしたカメラマンやレポーターから、ぽつんと離れた場所にいた。

山林の中で民家がほとんどない。五百メートルほど離れた場所に農家が肩を寄せ合うように三軒並んでいるだけだ。だから、野次馬の姿がない。

その男は野次馬のようにも見えない。騒がしいマスコミの連中とも違い、ただ山林を見上げているだけだ。

年齢は、三十歳前後。茫洋としたとらえどころのない印象がある。

ふと、その男は、富野の視線に気づいたように、振り返った。眼が合った。

男は、何事もなかったかのように視線を山林に戻した。

富野は、カメラマンやテレビ局のクルー、レポーターたちをかき分けて、その男に歩み寄った。男はそれに気づいて、富野のほうを見た。

「失礼ですが……」

富野は警察手帳を見せて言った。「ちょっとお話をお聞かせ願えますか？」

職務質問を切り出すときの常套句だ。

「話？」

男は言った。「えーと、何の話？」

「ここで何をしているのですか？」

「何って、別に……」

「このあたりは、ちょっと通りかかったという場所じゃないような気がするんですがね」

男は、周囲を見回した。

「そうですね」

富野は男の反応に苛立った。

「なぜ、ここにいらしたのです？」

「もちろん」

男は言った。「殺人事件があったからですよ」

「まだ、事件のことは報道されていないはずです」

「あ、新聞記者やテレビ局に知り合いがいましてね」

「お名前をお聞かせ願えますか？」

「あなた、刑事さん？」

「ええ、まあ……」

「へえ……」

男は、富野をしげしげと眺めた。その遠慮のない視線が、さらに富野を苛立たせる。

男は言った。

「あなた、変わってると言われるでしょう」

富野は、こたえずに質問を繰り返した。

「お名前は？」

「鬼龍光一」

「キリュウ・コウイチさん……。どういう字を書きますか？」

富野は手帳を取り出し、メモしようとした。

「鬼に龍。あ、龍は難しいほうの字ね。光一は光に数字の一」

「鬼龍……？　本名ですか？」

「本名だよ。うちは先祖代々、鬼龍だよ」

「ご職業は？」

「お祓い師かなあ……」

「お祓い師……？　神官みたいなもんですか？」

「まあ、そうだね」

「住所は？」

鬼龍光一は、素直に住所を告げた。杉並区の高円寺に住んでいる。環七通りと早稲田通りが交差する大和陸橋のそばらしい。

彼はまったく警戒していない。警察に職務質問をされて緊張しない人間は珍しい。身に覚えがなくても、警察官に何か尋ねられると緊張をするものだ。

だが、この男にはそういう様子がない。

富野は重ねて尋ねた。

「ここで何をしていたのです？」

「仕事だよ」

「仕事？　お祓いですか？」

「ここにはもう祓う相手がいない。様子を見に来ただけだ」

「祓う相手？」

鬼龍光一は、面倒くさげに顔をしかめた。

「あんただってわかってんじゃないの？　この事件、警察の領分じゃないよ」

「誰と話をしていたの？」

捜査本部に戻るために、車に乗り込むと、助手席の本宮奈緒美が言った。

「何のことだ？」

「黒ずくめの妙な男と話をしていたでしょう？」

「黒ずくめの妙な男？」

「そう。黒いスーツに黒いシャツ。靴も黒。背の高い、細身の男よ」

鬼龍光一のことらしい。

言われてそういえば、と思った。

たしかに、鬼龍光一が身につけていた物はすべて黒だった。だが、彼を見つけたときも、話をしているときも、そんなことは気にならなかった。

女のほうが服装を気にする。ただ、それだけのことだろうか。

いや、富野は職業柄職質の相手がどんな服装をしていたかを観察する癖がついている。

それなのに、鬼龍光一の服装は印象に残っていなかった。

服装よりはるかに気になることがあったのだろう。

それが何であるか、富野にもわからない。

不思議な男だった。山林を見上げていたたたずまいが強く印象に残っている。

「お祓い屋だと言っていた」

富野は、ハンドルを操りながらこたえた。

「お祓い屋？　神社の神主みたいなもの？」

「似たようなものだと本人は言っていた」

「怪しいわね。どうやって事件のことを知ったのかしら」

「マスコミに知り合いがいるんだと言っていた」

「事件との関連は調べないの？」

「今のところ、その必要はないだろう」

「現場にいたのよ」

「やつが犯人だというのか？　過去に被害者といっしょにいるところを目撃されている少年とは年齢も風体も違う」

それきり、本宮奈緒美はそのことについては触れなかった。

婦女暴行事件が起きたという知らせが、捜査本部に入ったのは、その三日後のことだった。

2

現場は、深夜の井の頭公園内。

捜査本部に詰めていた富野と本宮奈緒美も現場に駆けつけた。

公園の外に、赤い光がいくつも瞬いている。パトカーの赤色灯だ。光は、近くの建物を断続的に照らしていて、まがまがしさと一種の華やかさを感じさせる。

所轄(しょかつ)のパトカーの中に、毛布をすっぽり被った若い女性がいた。髪が乱れており、興奮した様子だった。顔に殴打(おうだ)の跡らしいあざがあり、唇が切れている。まだ未成年に見える。被害者だ。

少なくとも、生きている。

「状況は？」

捜査本部の主任捜査員が、所轄の刑事に尋ねた。主任は、本庁捜査一課の課長が務めていた。田端守雄という叩き上げの猛者タイプだ。年かさの刑事が、険しい顔でこたえた。

「犯人は公園内を逃走中です。今、うちの連中をかき集めて追っています」

「どんなやつだ？」

「推定年齢十六歳から十八歳。大柄で、髪が長い」

「連続少女暴行殺人犯と風体が一致しているな」

「それで、すぐに知らせたんです」

田端課長は、捜査員たちにてきぱきと指示を始めた。SW―201無線機を所轄の署外活動系の周波数に合わせる。情報が捜査本部主任のもとに集まるようにしたのだ。

捜査員たちは、公園の中に散っていった。

「私たちは？」

本宮が、田端課長に尋ねた。

猪のような田端課長が大きな目でぎろりと本宮を睨んだ。

「あんたは危険だ。ここにいてくれ」

「危険は承知の上で、捜査本部に参加しているのよ」

田端課長は、面倒くさそうに富野を見た。

富野は、言った。

「自分が面倒を見ます」

田端課長は、仏頂面（ぶっちょうづら）のまま言った。

「好きにしてくれ」

富野は、てのひらに収まるＳＷ―２０１無線機を持ち、本宮を連れて公園の闇の中に進んだ。

公園の遊歩道には、ところどころ水銀灯が立っており、仄暗（ほのぐら）い光を投げかけている。

だが、林の中は真っ暗だ。

闇の中を捜査員たちが照らす懐中電灯の光がときおり通り過ぎていく。

「連続少女暴行殺人の犯人かしら？」

本宮奈緒美の声に不安が滲（にじ）んでいるように感じられた。

「どっちにしろ、とっ捕（つか）まえなければな」

富野は、遊歩道が二手に分かれるところで立ち止まった。迷わずに左へ行く。

「どうしてこっちだと思うの？」

「妙に勘（かん）が働くんだよ」

富野はこたえた。「こういうときはいつもそうなんだ」

「刑事の勘てやつ？」

「そうじゃない」

富野はそれ以上こたえなかった。

本当のことだった。彼は、妙に勘が働く。小さいときからそうだった。刑事になろうと思ったのは、それを活かそうと思ったからだった。

しかし、警察というのは、個人の勘だけがものをいうような組織ではない。会議では、仲間を説得するだけの材料を手に入れてこなければならない。地味な裏づけ捜査のほうがよっぽど重要なのだ。

刑事になりたくて警察官になっても、刑事になれるのは、その中の一握りだ。富野も厳密にいえば、まだ刑事になれていない。生活安全部の係員だ。

ほどなく、池に突き当たった。

他の捜査員たちの姿も見えない。

本宮奈緒美の嘲笑を含んだ声が聞こえてきた。

「あなたの勘とやらは、あんまり当てにならないみたいね。行き止まりよ」

そのとき、富野は、はっと右手の闇を透かし見た。

林の中に何かがいる。気配がした。

「なあに？」

本宮奈緒美が声を潜めて尋ねる。「何かいるの？」

彼女が身を寄せてきた。

甘い香りがした。彼女の肌は、夜目に白く浮き上がっているように見える。彼女は、富野の視線を追うように、闇の中を見ている。胸の柔らかなふくらみが富野の腕に押しつけられる恰好になった。

富野は、本宮奈緒美から身を離して右手の闇の中に進んだ。木々の間に何かがうずくまっている。

その傍らに誰かが立っている。顔だけが闇に浮かんでいるような不気味な光景だ。

富野は、夜目がきいた。そんなところも刑事に向いていると自分では思っていたのだが、警察の仕事で夜目がきくことが役だったことはあまりない。

「何なの？」

奈緒美が言った。「よく見えないわ」

立っていた男が、その声に振り向いた。

その次に、その男がどういう反応を示すか見守った。

逃げ出すかもしれない。こちらに向かってくるかもしれない。どちらにも対応できるように身構えていた。

だが、そのどちらでもなかった。

男は緊迫したその場にそぐわないのんびりした声で話しかけてきた。

「やあ、刑事さん」

聞き覚えのある声だ。

さらに近づくと、顔だけが宙に浮かんでいるように見えた理由がわかった。男の服装が黒ずくめだったからだ。

鬼龍光一だった。

「ここで何をしている」

　そう尋ねるしかなかった。

「仕事ですよ」

「仕事？」

「お祓いです。終わりました」

「お祓いだって？」

　富野は、うずくまっている誰かのほうを見た。大柄な男だということがわかった。低い声で唸っている。地面をかきむしっているように見える。

　さらに近づくと、唸っているのではなく、泣いているのだということに気づいた。

「こいつ……」

　富野は、その若者に近づき、腕を取って引き立てた。「こいつが犯人か？」

　鬼龍光一は、何もこたえなかった。

　髪が長い大柄な男。推定年齢は十六歳から十八歳。人相風体からして間違いなかった。

「午前二時十分……」

　富野は、時計をちらりと見て言った。「傷害並びに強姦の容疑で緊急逮捕します」

　手錠を取り出して後ろ手に掛けた。

　その間、少年はまったく抵抗しなかった。ただ、泣き続けるだけだ。

「強姦じゃないよ」

鬼龍光一が言った。「強姦未遂だ」

富野は、無線機で、犯人身柄確保を知らせた。じきに捜査員たちが駆けつけるだろう。

「じゃあ、俺はもう行くよ」

鬼龍光一が言った。

「待て」

富野は言った。「あんたにも、来てもらう。いろいろと話を聞かなければならない」

「警察に行くの？　勘弁してよ。じゃあね」

鬼龍光一は身を翻して闇の中に飛び込んで行った。

「待て。止まらんと、あんたも逮捕するぞ」

だが、すでに鬼龍の姿は消えていた。富野の暗視能力をもってしても、黒ずくめの鬼龍の姿を捉えることはできなかった。

富野は、振り向いて本宮奈緒美を見た。彼女は離れたところに立っていた。近づいてこようとしない。

富野は舌打ちした。奈緒美が男なら、鬼龍を追えと言えた。

犯人と思われる少年は、身長が百八十センチを超えていた。つかんだ腕が筋肉質であることがわかる。鍛えた体格をしていた。

長い髪が涙と鼻水で顔にへばりついている。

名前を聞こうとしたとき、捜査員と所轄の係員が駆けつけた。彼らは、犯人に群がり、あっという間に連れ去ってしまった。

富野と奈緒美が取り残されたような恰好になった。富野が、捜査員たちの後を追おうとすると、後ろから奈緒美の声がした。

「あの子、知ってるわ」

富野は驚いて振り向いた。それまで距離を置いていた奈緒美が近づいてきていた。

「知ってる？」

「安原猛。一度、面接したことがある」

「面接？　どこで……」

「少年鑑別所。傷害事件でほんの短い間入っていたことがある。そこで、面接したのよ」

「ほんの短い間入っていたって？」

富野は、言った。「今度は長くなりそうだな」

安原猛の身柄確保は、事件を一気に解決に導いた。家宅捜索の結果、連続少女暴行殺人に関連した証拠が次々と見つかり、安原は勾留中に再逮捕された。

容疑者逮捕の後、捜査員たちは膨大な書類を作成しなければならない。富野もそれを手伝わされた。

三人の少女に暴行を加え、殺した安原猛は、取り調べで、自分のやったことがまるで夢の中のできごとのようだと語ったそうだ。

富野は、安原に奇妙な印象を持った。

性犯罪を繰り返すタイプとは思えない。たしかに、過去に一度検挙された経歴がある。奈緒美が言ったように、その際に少年鑑別所送りとなっている。

しかし富野は、安原猛が単独犯であることが特に気になっていた。

彼は、逮捕されてから身柄を捜査本部に連行されるまでずっと泣いていた。

身長が高く筋肉質の体をしている。自分が強いと思い込みたいタイプに見える。事実、過去の記録を調べてみたら、グループを作りそのリーダーに収まっていた。

前回検挙されたのは、グループ同士の抗争事件で、彼が最後まで戦っていたからだ。

書類書きが一段落して、富野はコーヒーを飲みに廊下に出た。突き当たりに自動販売機がある。

そこに、本宮奈緒美がやってきた。

「まだいたのか？」

「取り調べの様子を担当捜査員に詳しく尋ねていたの」

「専門家としての意見を言うため？」

「口出しはなし。そういう条件よ。私自身の研究のためでもあるわ」

「それで……」

富野は、コーヒーをすすり、尋ねた。「安原猛はどんな様子だ？」

「自分でやったことが信じられない。まるで夢の中の出来事のようだ。それを繰り返すだけだそうよ」

「彼とは会ったか？」

「いいえ。捜査員に会わないでくれと言われたわ」

捜査員としては当然だろう。容疑者を外部の人間と会わせたくはない。正直に言うと弁護士にも会わせたくはないのだ。

安原猛は、本宮奈緒美には気づいていないだろう。逮捕の瞬間は取り乱していたし、公園は暗かった。奈緒美は離れた場所にいた。

「専門家としてどう思う？」

富野はまた、コーヒーをすすり、尋ねた。

「どうって？」

本宮奈緒美は、自動販売機にコインを入れ、紙コップに注がれたコーヒーを取り出した。

「あの安原猛が、こんな事件を起こしたことについてだ」

「難しい質問ね」

「俺は、あいつが本当に犯人なんだろうかと思っている」

「それは、捜査本部が判断することでしょう？　そして、そのあとは家庭裁判所に送られ、地検に逆送される。そうでしょう？」

「あいつは、自分がやったことを認めている。だが、気になるのは、夢の中の出来事のようだと言っていることだ」

「心神喪失状態だったということ？」

「どう思う？」

「証拠をほとんど残していない。つまり、ある部分は冷静だったということよ。心神喪失状態には当たらないと思う」

「あんたは、現場を見て言ったな。子供がおもちゃで遊んだようなものだ、と。そして、壊れたおもちゃを捨てるように、被害者の遺体を放り出したと……」

「そういうふうに見えたわね」

「あの安原猛がそういうタイプに見えるか？」

「わからないわ。今回、私は面接したわけじゃない」

「だが、過去に面接しているだろう？」

「一年も前の話よ。あのくらいの年齢の子は、一年あれば変わってしまう」

富野はかぶりを振った。

「犯罪者のタイプというのは、そうは変わらない。非行少年にもいろいろなのがいて、そのタイプも変わらない。一年前、面接したときにはどんな印象を受けた？」

「無口な少年だったわ」

「自分に自信を持っているように見えたか？」

奈緒美はうなずいた。

「そう。自分を偉そうに見せたがるタイプだったわね」

「リーダー気質というわけだ」

「良くいえば、そういうことになるかしら。権力志向型ね」

「そういうやつが、単独で今回のような事件を起こすのが腑に落ちない」

「なあに？　また、例の勘というやつ」

「いや。少年課の経験だよ」

「なら、あたしも専門家としての意見を言わせてもらうわ。犯行の現場は、むしろ整然としていて、遺留品も少なかった。被害者には十代の少女という特定のパターンがあり、拷問の跡も見られた。陰茎を挿入しており、死体と交わったかもしれない。これらは、連続殺人犯の分類の中で、淫楽型と言われるタイプに見られる特徴なの」

「暴力で犯すことに喜びを覚える連中だな？　性的な興奮が目的だ。だが、過去のそういう犯罪者の例を見ると、安原猛は当てはまらないような気がする」

　奈緒美は、富野を制して言った。

「同時に、今言った犯行現場の特徴は、権力・支配型と呼ばれるタイプにも共通しているの。淫楽型と、権力・支配型の犯行は、よく似ているのよ。相手を拷問し、犯し、殺すことで自分の絶対的な優位を示したいタイプよ。言ったでしょう？　一年前に面接したときに、あたしは、安原猛に、権力志向を感じたと……」

「安原猛は、その権力・支配型の連続殺人犯だと……？」

「当てはまらないことはないと思うわ」

富野は、奈緒美をじっと観察していた。奈緒美は自信に満ちている。専門家としての自信かもしれない。

やがて、奈緒美は、コーヒーを飲み干し、紙コップを自動販売機の脇にあるゴミ箱に捨てた。

「これ以上質問がなければ、あたしは失礼するわ。今日は久しぶりにゆっくりお風呂に入りたい」

自分が風呂に入っているところを想像させたがっているような言い方だ。富野はそう感じた。

奈緒美は、かすかにほほえむとその場を去っていった。富野は、その後ろ姿を見つめていた。細身のように見えるが、タイトスカートの腰のあたりがぴったりとしていて、豊かさを強調しているようだ。

富野は、空になった紙コップを握りつぶしていた。

翌日、富野は安原猛の取り調べに立ち会った。送検前の最後の取り調べだ。

安原猛は、終始おどおどとしていた。捜査官の質問にもすべて素直にこたえていた。素直過ぎるくらいだ。捜査員の心証をよくして、少しでも罪を軽くしてもらおうと考えているのだろうか？

富野がそう考えたほどだった。

　やがて、安原は地検の手にゆだねられ、じきに家庭裁判所に送られる。そして、地検に逆送されて、刑事裁判を受けることになる。

　捜査本部は、送検の段階で解散され、事案は富野の手を離れることになる。

　実際に、安原猛を見て、富野はさらに疑問を深めた。

　こいつは、連続して猟奇的な殺人を犯すような少年ではない。手がつけられない不良かもしれない。いずれ、暴力団の準構成員になって、スケコマシをやったり、傷害事件を起こすかもしれない。

　そういう意味ではどうしようもないやつだ。だが、猟奇的な連続殺人をやったというのがどうしても納得できない。

　取り調べの後、捜査主任の田端捜査一課長が富野に声を掛けた。

「おう、身柄(ガラ)を取ったの、おまえさんだったな。お手柄だ。慣れない帳場(ちょうば)でたいへんだったろう」

「後味の悪い事件でした」

「ああ、被害者がなあ……。まあ、後味のいい事件なんて、ねえがな」

「安原猛は、素直に取り調べに応じましたね」

「手が掛からない容疑者だった」

「逮捕された後の彼を見ていたら、あんな事件を起こしたやつとは思えませんでした」

田端課長は、ふと富野を見つめた。

「まあ、いろんなやつがいるよ」

田端課長は声を落とした。「だがなあ、実は俺もおまえさんと同じことを感じていたんだ。あの野郎は、札つきだが、どちらかというと、陽性だ。あんな陰惨な事件を起こすようなやつとは思えないんだがな……」

「はい」

「だが、まあ、それが犯罪者というやつだ。誰が何をしでかすかわからねえ。凶悪犯を捕まえると、必ず周囲のやつは、あの人がって驚くもんだ」

「そうなのかもしれません」

「あいつには、魔物が取り憑いたのかもしれねえ。誰にでもそういうことは起こりうる。長年刑事やってると、そんな気がするよ」

田端課長は、富野の肩をぽんと叩いて歩き去った。

「魔物が憑いたか……」

富野はつぶやいた。そのとき、あのお祓い師のことを思い出していた。

鬼龍光一だ。

富野は捜査本部の連中に、鬼龍光一のことを言いそびれていた。安原猛の身柄確保で捜査本部は一気に活気づき、言いだす機会を失っていた。

最初に東京都下の山林で鬼龍光一と話をしたとき、彼は言った。

「ここにはもう祓う相手はいない」

では、井の頭公園にはいたのだろうか。彼は、うずくまる安原猛の傍らに立っていた。彼は、何かを祓ったのかもしれない。

だが、何を……。

富野は、捜査本部から引き上げるための後かたづけを始めた。


杉並区高円寺、大和陸橋のそば。

富野は、鬼龍光一から聞いた住所を訪ねていた。安アパートだった。今時、学生も住まないようなアパートだ。

二階建てで、安普請であることが一目でわかる。こんなアパートがまだ残っているのが不思議なくらいだ。時代に取り残されたような建物だった。

玄関を入ると、木の郵便受けが並んでいる。その前に木製の階段がある。廊下は暗く、ドアが並んでいる。トイレは共同かもしれない。

鬼龍光一の部屋は、二階の一番奥だった。ドアをノックすると、間の抜けた声が聞こえてきた。

磨りガラスがはまった木製のドアが開く。鬼龍光一が顔を出した。

富野を見ても、別に驚いた様子もなく、言った。

「ああ、刑事さん……。いらっしゃい」

どこか寝ぼけているような鬼龍の様子に、逆に富野は警戒した。

「むさくるしいところだけど、入ってよ」

富野は、用心しながら、部屋に入った。仲間がいて襲撃されることだってありうる。

だが、そんなことはまったくの杞憂だった。

四畳半の台所に、六畳が一間という部屋だ。鬼龍の他には誰もいない。

思ったより部屋は片づいていた。だが、六畳間に蒲団が敷きっぱなしになっていた。

鬼龍はそれを慌てて片づけている。

六畳間に、最近では一般家庭でなかなか見られなくなったものがあった。神棚だ。そ
れもかなり大きなものだった。

「ちょっと待ってくださいね」

鬼龍光一は、そそくさと神棚からコップを下ろし、それを台所に持っていった。新し
い水をくむと神棚に戻し、柏手を打った。

その間、富野は戸口に立ち尽くしていた。すっかり毒気を抜かれた気分だった。

「あ、こっちへ来て座ってください」

鬼龍光一は小さなテーブルを出して、座布団を敷いた。「茶でも入れますから」

富野は戸口に立ったまま言った。

「茶などいい」

「そうですか?」

「俺はあんたを逮捕することもできる」

「逮捕……？　何の容疑で？」

「連続少女暴行殺人事件の共犯だ」

「冗談でしょう」

「だといいがな」

「僕を逮捕したら、後で恥をかきますよ」

「あんたは、犯行現場に二度も姿を現した。納得のいく説明ができなければ警察に来てもらうことになる」

「犯人は逮捕されたんだから、いいじゃないですか」

「どういうわけか、俺は、これですべてが片づいたという気がしないんだ」

「まあ、そうでしょうね」

「どういうことだ？」

「言ったでしょう。警察の領分じゃないって」

「連続暴行殺人が、警察の領分ですよ。警察の領分じゃないって？」

「犯罪は警察の領分ですよ。でも、その裏にあるものは、警察の手には負えない」

「何の話だ？」

「陰の気が凝り固まり、それに取り憑かれると人は亡者になります」

「亡者？」

「そうです。怒り、憎しみ、怨み、妬み、悲しみ……。そうしたマイナスの情念が凝り固まると大きな精神エネルギーの場を作り出します。僕たちはそれを陰の気と呼んでいます。そうしたマイナスの精神エネルギーの虜（とりこ）となった人々を亡者と呼びます」

「待てよ。俺を煙（けむ）に巻こうとしても無駄だ」

「僕は本当のことを話しているんですよ」

「あんたが言うお祓いというのは、つまり……」

鬼龍光一はうなずいた。

「亡者に取り憑いた陰の気を祓うのです。正確に言うと陰陽のバランスを取るんですけどね」

「陰陽のバランス？　あんた、陰陽師（おんみょうじ）か？」

「まあ、似たようなものですがね。僕らは鬼道衆（きどうしゅう）と呼ばれています」

「キドウシュウ？」

「鬼の道と書きます」

「鬼道か……。どこかで聞いたことがあるな」

富野は、記憶を探った。「そうか。魏志倭人伝（ぎしわじんでん）だ。卑弥呼（ひみこ）が使ったという呪術のことじゃないか」

「正確に言うと魏志倭人伝なんていう書物はありませんけどね。三国志魏志東夷伝倭人条（さんごくしぎしとういでんわじんのくだり）です」

「たしか、卑弥呼は鬼道を使って人々を惑わしたとかいうくだりがあるんだったよな」

「『鬼道を事とし、能く衆を惑わす』です」

「あんたは、卑弥呼と同じ呪術を使うというのか？」

「鬼道衆の人々は、同じものだと信じていますよ」

「だが、卑弥呼の鬼道は、原始的なシャーマニズムだったという話を何かで読んだことがある。陰陽道なんかとはまったく別のものじゃないか」

鬼龍光一はかぶりを振った。

「それ、間違いですよ。鬼道は、一種の拝火教です。火を崇める宗教は、世界中にありますが、必ず陰陽の思想を背景に持っています。なぜだかわかりますか？」

「知らんよ」

「火を扱うことで、プラスイオンとマイナスイオンの存在に気づくんですね。いろいろな化学反応が起きますからね。それで、世界はプラスとマイナス、陰と陽のバランスで成り立っているという思想が生まれるんです。これ、密教なんかもいっしょです。鬼道はそうした陰陽の思想を背景とした火を崇める人々の宗教だったのです」

「プラスイオンとマイナスイオンだって？」

「もちろん、昔の人はイオンというものを理解していたわけではありません。でも直感的に、この世はプラスとマイナス、陰と陽で出来上がっているということを知っていたのです。そのバランスを取ることが、何より大切だと感じていたわけです。鬼道衆は、その技法を守り伝えている」

「それが、あんたの言うお祓いか？」

「そうです」

富野は大きく深呼吸をした。

「つまり、こういうことか？　今回の犯人は、陰の気とやらに取り憑かれて亡者になっていた。それであんな罪を犯した。あんたは、それを祓ったということか？」

「そう」

「連続暴行殺人は、亡者の仕業で、捕まった犯人は、すでに亡者ではないと……」

「そう」

「だが、犯人は罰を受けなければならない」

「仕方がないでしょう。それが社会のシステムならば」

富野はかぶりを振った。

「ならば、どうして罪を犯す前に祓わなかった」

「できれば、そうしたかったですよ。でも、亡者を発見することは難しい」

「そんな話を俺が信じると思うか？」

「別に信じてもらおうなんて思ってませんよ。僕は事実をしゃべっているだけです。信じるかどうかは、そっちの勝手です」

やはり、とらえどころのない男だ。

　富野は、鬼龍光一の真意を図りかねた。

「なんで、亡者を祓っているんだ？」

「それが、仕事だからですよ」

「仕事というからには、誰かから金をもらっているわけだな？」

「残念ながら、まだ修行の身でしてね。鬼道衆の本家から安い金でこきつかわれているんですよ。まあ、修行が終わって本格的に亡者払いをやるようになれば、けっこう儲かるんですけどね」

「儲かる？」

「政治家や大会社の社長なんかは、けっこう占い師やお祓い師に大金を払うんですよ」

「どうやって、亡者を祓うんだ？」

　鬼龍光一は、かすかに笑みを浮かべた。

　その瞬間に、茫洋とした印象が一変した。神秘的な笑いだった。

「それは秘密ですよ」

　油断のならないやつだと、富野は思った。

「どうせ祓うなら、今度は、罪を犯す前にしてもらいたいな」

「できればそうしたいんですけどね……」

　富野は、ドアを開けた。

「逮捕しないんですか？」

鬼龍光一が言った。
富野はそれを無視して部屋を出た。

3

木島良次(きじまりょうじ)は、体の奥底に渦巻くどす黒い欲情をもてあましていた。

下半身がうずく。夏が近いせいかもしれないと木島良次は思う。

春が過ぎ夏が近づくにつれて、いつも落ち着かない気持ちになる。若い連中は誰でもそうだと思っていた。

誰もが開放的になる。街を歩けば、薄着になった若い女の子の体に眼がいく。短いスカートから伸びるつやつやした脚。半袖からのぞく白い二の腕。広くあいた胸元の谷間……。

ビデオを見ながらオナニーをしたばかりだ。それでも、欲情は収まらない。腰のあたりが熱を持ったようだ。

つきあっている女はいないが、セックスの相手ならいる。渋谷の街の遊び仲間だ。昔は街角でグループを作ってたむろしていたが、最近はそういうのは流行(はや)らない。なんとなく仲間はばらばらになったが、それでも当時いっしょに遊んでいた仲間とは連絡を取り合っている。

良次は、遊び仲間の女の子の携帯に電話をした。三人目でようやくつながった。マミと呼ばれている十八歳の女の子だ。

「遊びに行かねえか？」

「今から？　もう十一時過ぎてんだよ」

「関係ねえよ」

「かったるいよ、でかけんの」

「おまえの部屋に行ってもいいぜ」

「ばか言ってんじゃないの。あたしんち、親といっしょだよ」

「ちょっとでいいから出て来いよ」

「なにサカってんのさ。一人エッチでもして寝な」

「なんだと」

「明日早いんだ。じゃあね」

電話が切れた。

「くそっ」

昔ホテルに連れ込んだことがある別の女に電話してみた。つながらない。

良次は、携帯電話を放り出して、ベッドに身を投げ出した。仰向けに寝ていたが、自然とうつぶせになり、ベッドに腰をこすりつけていた。

そんなことをしているうちに、うとうととしたらしい。良次は夢を見ていた。

夢の中で、良次は出かける用意をしていた。すり切れたジーパンに黒いタンクトップを着ている。その上にチェックのシャツを羽織(はお)った。

いつの間にか、良次は渋谷の街へ来ていた。ナンパでもしてそのままホテルにしけ込もう。そんなことを考えていた。

意識がはっきりせず、酔っぱらったような気分なのは、きっと夢のせいだからだと良次は思っていた。

自分自身を見ている自分が別のところにいるような気分だ。

109の前から東急本店通りに入る。足元がふわふわする。雲を踏んでいるようだ。ねっとりとした空気に包まれているように感じる。

蜜のように粘り着く空気だ。それが、良次の官能を刺激している。どうやら深夜のようだ。駅に向かうカップルが多い。

すれ違うカップルの若い女性に思わず振り返る。ぴったりしたジーンズに包まれた丸い尻がたまらない。

居酒屋が入っているビルの前に、酔った若者の集団が溜まっていた。男が三人、女が二人。髪を金色に染めた女たちだ。二人とも底が厚いブーツにものすごく短いミニスカート。

良次はその脚から眼が離せない。欲望がさらに高まっていく。

東急本店の前を左に折れた。スターバックスがある。終電にはまだ間があるので、そこそこの人通りだ。若い女も多い。

良次は、そのあたりをうろついた。円山町のホテル街がすぐ近くにある。ホテル街のそばにはクラブもある。

クラブ目当ての女を引っかけてホテルに連れ込んでもいい。良次はそんなことを考えていた。

体を包んでいる蜜のような粘液質の空気はさらに濃度を増したようだ。ねっとりと甘い空気。

路地を一人で歩いている女の子を見つけた。高校生くらいかもしれない。良次は迷わず近寄り、声を掛けた。

何を言ったか自分でもよくわからない。

どうせ夢なのだから、何を言ったってかまわない。そう、別の自分が考えていた。

この女を口説いて、ホテルに入ろう。

だが、俺はホテルに連れ込むまでの段取りを我慢できるだろうか？

良次はそんなことを思っていた。

そんな手間をかけることはない。どこかそのへんで犯っちまえばいい。

そう思ったとたん、それ以外のことは考えられなくなっていた。今の強い欲望を満足させるには、それ以外に方法はない。

酒を飲んで、カラオケでもやって、いい雰囲気になったところで、ホテルに誘って、ごねる相手を説得して……。

ああ、面倒くさい。そんな必要がどこにある。

そして、すでに良次は気づいていた。ホテルに入ってセックスするだけでは、俺は満足しない。もっと、激しいことが必要だ。

もっと、もっと激しいことが……。

良次は、いつしか女と並んで歩いていた。身長が百五十五センチくらいの小柄な女の子だ。ちょっとぽっちゃりしている。美人とは言えないがそんなことはどうでもよかった。

知っている店がこの先にあるから……。

たぶん、そんなことを言ったのだと思う。良次は、意識がぼんやりしていくような気がした。

東急本店の裏に回った。人通りがない。

どんな都会でも、誰も来ない場所はある。女の子が警戒しはじめたようだ。

そこからは、力ずくだ。無理やり腕を引っぱり、建物の脇の暗がりに引きずり込む。

女が声を上げたので、その口を押さえた。

胴に腕を回し、ずるずると引きずっていく。腕の中で暴れる女の感触。良次はぞくぞくした。

すでにペニスは怒張している。女の腹は柔らかい。そして、回した腕の上に乗るような恰好になった二つの乳房はさらに柔らかい。

女は必死で抵抗する。

暗がりの湿ったコンクリートの上に押し倒した。馬乗りになる。

女は暴れた。悲鳴を上げる。

俺は何をやっているんだろう。もう一人の自分が考えていた。こんなことをしていいはずがない。

だが、良次はこれが夢であることを知っている。

夢だ。

これは夢なんだ。

良次は、女の子の顔を平手で殴った。びしっと派手な音がする。

背筋に快感が走る。女の子を殴ることがこれほど気持ちがいいものとは思わなかった。もっとひどいことをしたら、もっと気持ちがいいに違いない。

良次は、女の子のシャツに手を掛けた。それを引き裂く。さらにインナーも引き裂いた。

ブラジャーに包まれた乳房が現れる。女の子は腕を交差させて、胸を隠そうとする。そのために乳房が圧迫されてひしゃげ、さらに煽情的な眺めになった。

良次は、無理やり腕をどけさせ、ブラジャーに手を掛けると、思い切り引きちぎった。

ブラジャーは思ったよりずっと頑丈だったが、やがてホックが壊れた。

ぷるんと大きな二つのふくらみが飛び出す。思ったより濃く大きな乳輪がいやらしい。

良次は、その二つのふくらみを鷲掴み（わしづかみ）にした。女の子は、脚をばたつかせている。振り返ると、太腿（ふともも）が闇に白く浮かんでいる。

柔らかい乳房を揉んでいるうちに、握りつぶしたい衝動にかられた。本当にそうしてやろうと思った。

女は叫び続けている。

うるさいので、引きちぎった服をその口に詰め込んだ。

馬乗りになったまま、手を後ろに伸ばし女の下半身に触れた。女の腰が跳ね上がる。必死で良次の手から逃れようとしている。

だが、良次は逃がさなかった。パンティーの脇から無理やり指をねじ込んだ。

夢だというのに、その感触は妙にはっきりしていた。それは、良次を包んでいる空気と同様にねっとりとして甘い感触だった。

良次は、いつの間にかジーパンを下ろしていた。パンティーを引き破り、体をずらして、無理やり挿入した。

女が拳（こぶし）で良次を殴っている。痛くはない。だが、うっとうしかった。

腰を動かしはじめると、女はさらに激しく抵抗した。両脚は宙を蹴っている。

挿入して腰を動かしている。だが、それだけでは満足できなかった。もっと強い刺激がほしい。

良次は、片手で体を支え、片手で女の顔を殴った。女は苦痛に顔を背ける。

ぞくり。

また、良次の背中に快感が走る。

これだ。この快感だ。

良次は思った。

今度は手を入れ替えて、逆の頬を殴った。女の抵抗が小さくなった。恐怖の眼差(まなざ)しで良次を見つめている。

さらにもう一発殴る。女は震えはじめた。その震動が、体の外側と内側から伝わってくる。そして、女の恐怖の表情。たまらない快感だった。

この女を自分のものにしつつあるという実感がある。

この世にこんな楽しいことがあったのか。良次は、せわしなく体を動かしはじめた。

女の器官が意に反して反応しはじめる。

だが、良次はさらなる刺激を求めていた。

まだ足りない。もっと刺激がほしい。

ついに、彼は、自分がなにを欲しているか気づいた。彼女の白い首に両手を回す。

女は、必死でその手を振りほどこうとした。爪を立てて良次の手を引き剥(は)がそうとする。伸びた爪が折れた。良次の手に血が滲んだが、そんなことはどうでもよかった。

女は苦しみにあえぐ。両脚の動きが再び激しくなる。それにつれて、女の器官の内側が動いた。ねっとりした壁が動き締めつけてくる。

首を絞めることの快感、そして肉体的な快感が入り交じり、良次は叫び出しそうになっていた。

とても現実の感覚とは思えない。

やっぱり夢だから……。

女の眼に絶望が浮かぶ。

ひとしきりはげしく暴れた女が急にぐったりと力を抜いた。良次の手をつかんでいた彼女の手が地面にぽとりと落ちる。

女の眼から光が失せていた。

その瞬間に、良次は激しく射精した。絶頂感が長く続く。これ以上快感が続いたら気が狂ってしまうのではないかと思った。

射精が終わらないのではないかと不安になるほどだった。

やがて、満足した良次は、ゆっくりと体を離した。女は脱力した形で転がっている。見開いた眼はむなしく宙を見つめているだけだ。女を強姦して殺した。だが、罪の意識はまったく感じていなかった。

こんな快感があったのか。

そう感じているだけだ。

こんな喜びがあったのか。

そう思っているだけだ。

良次を見下ろしているもう一人の自分が言った。

夢だからといって、油断してはだめだ。

証拠を残してはいけない。

何も落としてはいけない。

逃げるところを誰にも見られてはいけない。

良次は、その声に素直に従った。ジーパンを上げると、つぶさに倒れている女の周囲を観察した。何も落としてはいない。もう一度、女を見た。冷たくなって転がっているだけだ。もう、その女には何の興味もなかった。

俺はこの女を完全に支配した。その満足感があった。良次は、ねっとりとした甘い空気に包まれたまま、暗がりから通りに出た。まわりに誰もいないことを確かめていた。

それから、表通りに出る。まだ若者で賑わっている。だが、若い女を見てもさきほどのように欲情することはなかった。

大きな力で満たされているような気分だった。自分が、強い存在に思えた。

良次はそれが夢であることを知っている。

ひどく酔ったような気分が続いていた。

4

そこは、ビルとビルの谷間の狭い空間だ。周囲には、雨ざらしになった段ボールが積まれており、完全に通りから死角になっている。カラスが屋上の手すりに止まり、そこを見下ろしていた。

富野は、シートを被せられた被害者を見下ろしている。何度同じことを繰り返しただろう。

鑑識の機械的な作業。捜査員たちの事務的な口調。それは、葬儀の手配にも似ている。誰もが、動き回り、つとめて事務的な態度を取ることで、出来事の悲惨さから逃れようとしているようだ。

また、少女が暴行され殺害された。

東急本店の裏手だ。

所持していた携帯電話から身元が確認された。

十八歳の少女だ。友達とクラブに行くと言ってでかけたきり戻らなかったそうだ。犯行の時刻は、昨夜の十一時から未明の間と見られている。

場所は渋谷の街の中だ。

こんな都会で起きた事件なのに、目撃情報がない。悲鳴を聞いたという証言すらない。

都会というのはそういうところだ。富野は思った。

誰もが通り過ぎていくだけだ。何かを目撃したり、聞いたりしても、その人物は、どこかに消え去ってしまう。地取り捜査がやりにくい。

本来ならば、少年一課の富野が呼び出されるような事件ではない。

だが、手口が安原猛の件と酷似していた。暴行した上に絞殺している。被害者の衣服は乱れ、周囲に散乱していた。だが、驚くほど犯人の手がかりが少ない。

そこで、一度解散した捜査本部の人間にお呼びがかかったというわけだ。驚いたことに、現場には、本宮奈緒美までやってきていた。

捜査本部主任だった田端捜査一課長が、険しい顔で鑑識の話を聞いていた。やりきれないといった表情だ。

やがて、田端課長が、富野と奈緒美に近づいてきた。

「どう思う？」

田端課長は、富野と奈緒美の顔を交互に見て言った。

富野はこたえた。

「こっちが訊きたいですね」

遺体の発見者は運送業者だった。ここに積んである段ボールを引き取りに来て発見し、一一〇番通報した。それが、午前六時頃のことだ。

今は、すでに七時近い。遺体は司法解剖に回されるために運ばれていった。

「手口がほとんどいっしょだ。おそらく単独の犯行だろう」

田端課長の考えていることは理解できた。

「安原が誤認逮捕だったと思っているのですね？」

「万が一そうだったら、えらいことだと思っているだけだ」

「被害者の体内に体液が残っていたのでしょう？」

「ああ。爪に血や皮膚も残っていた。犯人を引っ掻いたのだろうな」

「ならば、ＤＮＡ鑑定をやればはっきりしますよ」

「誤認逮捕でないとしたら、安原猛のようなやつが、もう一人街をうろついていることになる」

「そうですね……」

それが少年である確率がどれくらいあるだろうと、富野は思った。本来ならば、少年の犯罪とは考えにくい。富野は、安原の事件のときからそう感じていた。

富野なりに犯人像を考えてみた。プロファイリングというほど大げさなものではない。だが、犯人は少なくとも経済的にゆとりのある中年のような気がした。

過去の猟奇事件を見てもそうだ。まず、車が不可欠だ。それも、安っぽい車ではだめだ。女性が魅力を感じるような車でなくてはならない。

新聞や週刊誌を見て、安原の手口を真似た中年男。そんな犯人像が浮かんだ。

だが、わからない。

富野は思った。

安原のときから、何かがおかしい。

「興味深い傾向だわ」

本宮奈緒美が言った。

富野と田端課長は同時に奈緒美を見た。

「興味深い？」

田端課長が尋ねた。

「そう。おそらく、これも若い男の子が犯人ね」

「俺とは意見が違うな」

富野は言った。「どうしてそう思う？」

「場所が渋谷だからよ。これが、新宿や池袋ならば、幅広い年齢層が考えられるけれど、渋谷という地域の特殊性を考えれば、若い男の子の可能性が高いと思うわ」

「地域だけでは犯人像は限定できねえよ」

ぼそりと田端課長が言った。

富野も同感だった。

「安原猛の例があるわ」

奈緒美はどこか嬉しそうだった。それが、富野の気に障る。

「だから何だ？」

富野が尋ねる。

「新しい連続犯罪のパターンかもしれない」

「あんたはそれについて論文が書ける。そして、注目を集めるかもしれない。それが嬉しいというわけか？」

奈緒美は、平然と富野を見返した。

「いけない？　それがあたしの仕事なのよ。自分の業界で注目を集めたいと思うのは自然なことじゃない？」

「俺は、こんな罪を犯すやつが憎い」

「犯人を捕まえるのは警察の仕事よ。あたしの仕事じゃないわ。犯罪のパターンを研究することは、捜査に役立つはずよ。あたしはそのために研究をしている」

「立場の相違というわけか」

富野は腹が立ち、その場を離れた。これ以上奈緒美と話をしていると、癇癪を起こしそうだ。

もしかしたら、と思い、富野は通りに出て所轄の地域係に制止されている野次馬やマスコミの連中を見回した。

やはりいた。

黒いジャケットに黒いズボン、黒いシャツの鬼龍光一が、野次馬の後方で現場のほうを見つめていた。

富野は、現場封鎖用の黄色いテープをくぐった。マスコミの連中が、コメントを求めてくる。

俺は少年課だから、殺人事件については何も知らない。富野はそう言いながらマスコミと野次馬をかき分け、鬼龍光一に近づいた。

「やっぱり来ていたな」

鬼龍は、険しい表情だった。これまでこんな表情を見せたことがない。

「事件を起こす前に祓え。あなた、そう言いましたよね」

「言った」

「俺もそのつもりでした。でも、できませんでした」

鬼龍は、現場を見つめたままで言った。富野は、奇妙な苛立ちを感じて尋ねた。

「この事件の犯人も、亡者とやらだというのか？」

「間違いありませんよ。手口は、前の犯人といっしょ。そうでしょう」

富野はこたえなかった。

「どうやって亡者を見つけるんだ？」

鬼龍は初めて富野のほうを見た。

「そんなことを訊いてどうするんです？」

「訊いてみただけだ」

「凝り固まった陰の気を探して歩きます」

「凝り固まった陰の気？」

「ねっとりとした、粘液質の気の塊（かたまり）です。陰の気は、人間の官能を刺激します。だから、こういう犯罪が起きる」

富野は、一度現場のほうを振り返った。野次馬やカメラの砲列の陰になり、捜査員たちの姿は見えない。

声を落とすと富野は言った。

「あんた、犯人を見つけられるのか？」

「努力してますよ」

そのとき、富野の右手で声がした。

「悠長（ゆうちょう）なことを……」

富野と鬼龍はその声のほうを向いた。

見知らぬ男が立っていた。

その不気味な印象に、富野は思わずたじろいだ。

鬼龍とはまったく対照的に、真っ白な男が立っていた。まだ若い男に見える。詰（つ）め襟（えり）の学生服のようなスーツを着ている。ボタンはなく、蛇腹（じゃばら）がついており丈が長い。その詰め襟のスーツの色は純白だった。

そして、奇妙な印象があるのは、その男の髪のせいだった。髪までが真っ白だった。若い男なのに総白髪のように見えたのだ。

だが、よく見ると白髪ではない。髪は銀色だった。染めているのかもしれないと、富野は思った。

鬼龍が言った。

「奥州勢まで動いているとは知らなかったな……」

どうやら、知り合いらしい。

「何者だ?」

富野は鬼龍に尋ねた。

「鬼道衆の分家筋です。奥州勢と呼ばれる連中の一人、安倍孝景」

鬼龍がこたえると、安倍孝景と呼ばれた男は、嘲笑のような笑いを浮かべた。

「鬼道衆の分家筋だって? こっちが本家だよ。奥州安倍一族の直系なんだ。術だって、こっちのほうが上だ」

鬼龍は、その言葉を無視して安倍孝景に尋ねた。

「亡者を祓うためにやってきたのか?」

「亡者だって? 俺たちは外道と呼んでるよ」

「おまえたちは、がさつでいけない」

「あんたらが、もたもたしているからさ。俺は手の者を動かして外道を見つける。悪いが手柄は奥州勢のものだ」

「修行の邪魔をされると困るんだがな」

「知ったことか。安倍派が権威を取り戻す絶好のチャンスなのだからな」

「権威だって？」

思わず富野は尋ねていた。「いったい、何の権威だ？」

鬼龍は、かすかにほほえんだ。

「表の世界ではわからない、裏の世界の権威というものがあるんです」

「極道みたいな言い方をするじゃないか」

「まあ、似た面もありますね。というか、出発点はかなり近かったのかもしれません。もともと本流の極道は、祭祀に深く関わっていたんです。時代が下るにつれてただの暴力団に成り下がりましたがね」

「そんな話はどうでもいい」

富野は、名刺を取り出した。「犯人に関する情報が手に入ったら、連絡をくれ」

鬼龍は名刺を受け取ると、一瞥してポケットにしまった。

安倍孝景は名刺を受け取ろうとしなかった。

「そんな必要はないね」

安倍孝景は言った。「こいつは警察の手に負える仕事じゃないよ」

「犯罪者の検挙は警察の仕事なんだよ」

富野は安倍孝景を睨みつけて言った。「亡者だか外道だか知らないが、犯した罪の償いはしてもらう」

安倍孝景は、不気味な笑みを浮かべて言った。

「外道だって被害者かもしれないんだぜ」

「何だって？」

富野は思わず聞き返していた。「それはどういうことだ？」

安倍孝景は、それにはこたえず、くるりと踵を返した。

「待て」

富野は言ったが、安倍孝景はかまわず歩き去った。富野がその後を追おうとするのを、鬼龍が制止した。

「ほっといてもだいじょうぶですよ。あいつは、口ほど悪いやつじゃない。悪ぶるのが好きなんです。まだ子供なんですよ」

「子供だって？」

「たしか、まだ未成年ですね。だが、能力は本物です。実績もある」

「実績？　お祓いのか？」

「そう」

「外道が被害者というのは、どういうことだ？」

鬼龍の表情が曇った。

「さあ、それは僕の口からは何とも言えませんね……」

鬼龍も富野に背を向けた。そのまま歩き去る。富野はその背に向かって言った。

「いいか。何か情報がつかめたら、必ず連絡するんだ」

鬼龍は振り向かず、軽く片手を上げただけだった。

野次馬とマスコミをかき分け、再び現場に戻った。すでに捜査員たちは引き上げようとしている。

田端課長が、すれ違いざまに富野に言った。

「また帳場が立つぞ。あんたも来てくれ」

田端課長は歩き去った。

奈緒美がほほえんで言った。

「あたしも参加させてもらうことになったわ。また、いっしょに組んで仕事ができるわね」

また、このお嬢さんのお守りというわけだ。

「今日も、あの妙な男と話をしていたわね」

「見ていたのか？」

「どうしてあの男を逮捕しないの？」

「逮捕？」

「現場に必ず現れている。安原逮捕の現場にもいたわね」

普通ならば、身柄を拘束して話を聞くべきだ。だが、富野はなぜかその必要を感じていなかった。

捜査本部の連中にも鬼龍のことを話してはいない。

「泳がして、情報を得る」

富野は言った。

「あの男が、何らかの形で事件に関与しているとは考えないの?」

「あんたはどう思う? 犯罪心理の専門家だろう?」

「現場に必ず現れるというのは、きわめて怪しいと思うわ」

「そう。犯罪者は必ず現場に戻ってくる。だが……」

「淫楽型の犯罪者は特にそう。自分がやったことの影響力を見物したくなるの。自分が起こした事件の新聞記事を切り抜いたりするわ」

富野は何も言わなかった。

研究のデータを集めるのはいい。意見を求められたときに、専門家として発言するのも認めよう。

だが、捜査のことに口を出してほしくなかった。さらにいえば富野は刑事部ではない。少年を扱うのが仕事なのだ。

富野は、表通りに止めてあった車に向かった。奈緒美がついてくる足音がする。それすらも耳障りな気がした。

5

テレビをぼんやりと眺めていた木島良次は、不思議な感覚に襲われた。

俺はまだ夢の続きを見ているのだろうか。

昼のニュースだった。十八歳の少女が暴行された上に殺害されたと、アナウンサーが告げていた。その口調は、実に淡々としており、うっかりすると聞き逃してしまいそうだった。

だが、そのアナウンスに続いて映し出された現場の映像を見て、木島良次は、冷たい水を背中に浴びせられたように感じた。

見覚えのある風景だ。

だが、それは夢の中での出来事だったはずだ。被害者の写真は出なかった。

偶然かもしれない。だって、あれは夢だったのだ。良次は、ベッドの上で目を覚ました。すでに昼近くだった。着替えないで眠り込んだようだ。

ジーパンに黒いタンクトップ、チェックのシャツ。夢の中と同じ恰好でベッドに横たわっていた。

だが、それは何の意味もない。昨日の朝から同じ恰好だったからだ。ニュースでは詳しいことは教えてくれない。暴行殺人というだけだ。被害者は、専門学校に通う学生だったということだ。

良次は、非現実感にとらわれた。

自分が現実の中にいるのか、夢の中にいるのかわからなくなる。偶然にしてはあまりにできすぎている。だが、偶然としか考えられない。夢の中の出来事が現実に起きるはずがない。

良次はそのとき、自分の手にある傷に気がついた。みみず腫れになっており、血が滲んでいる。あきらかに引っ掻き傷だ。

何だこれは……。

良次は、その傷をじっと見つめていた。どれくらいそうしていたかわからない。思考が停止してしまっていた。

窓からはのどかな初夏の日が差し込み、日溜まりができている。テレビでは昼のお笑い番組が始まっていた。賑やかな出演者の声が部屋の中に響いている。

やがて、良次は顔を上げた。

俺がやったのか？

昨夜のことを、何とか思い出そうとした。何人かに電話したことは覚えている。マミと話をして……。それから後のことはぼんやりとして思い出せない。

ベッドの上で寝てしまったのかもしれない。ビールを飲んでいたので、そのせいだろうと思っていた。

だが、眠ったのではないとしたら……。

夢だと思っていたことが現実だったとしたら……。

本当に、この俺がやったことだとしたら……。

ぞくぞくした。

あの夢は現実だったのだ。驚きや恐怖は感じなかった。罪悪感もない。

夢の中の興奮と快感を思い出していた。あんな興奮は、これまでに味わったことはない。そして、あれは夢の中だからあんなに気持ちがよかったのだ。そう思っていた。

だが、あれは現実だった。

ということは、またあれを味わうことができるということだ。

それを知ったとたんに、良次はまたしても不思議な空気に包まれたような気分になった。やろうと思えばまたやれる。そう思うだけで、体中に力がみなぎってくる。

俺があの女を完全に支配したんだ。

誰が相手でも同じことができそうな気がした。怖いものはない。

体に血がたぎる。官能的な喜びだけではない。自分が完全なものになったような歓喜を感じる。

良次は、事件のことを詳しく知りたくなった。夕刊が売り出されるまではまだ時間がある。テレビのチャンネルを次々と変えていった。

ワイドショーで、事件を取り上げていた。レポーターがさも恐ろしげな表情で、事件のあらましを告げている。

犯人の目星はついていないと言っている。良次は、昨夜のことを思い出していた。引き上げるときに、慎重だったことを思い出して満足だった。

だが、安心はできない。

警察というのは、どんな小さな手がかりからでも犯人を割り出すと聞いたことがある。渋谷でグループを作っていた頃の仲間が言っていたことだ。

彼は警察の怖さを知っていると言っていた。そいつは、些細な当て逃げをやったことがある。車同士の接触事故だ。

別に相手が怪我をしたわけでもない。しかし、相手が被害届を出したというので、警察は犯人割り出しにかかった。その仲間というのは、元暴走族だった。警察は見せしめにしたかったのだ。

現場に残っていた方向指示ランプの破片と、相手の車に付着した塗料から、車種を割り出し、目撃者を探し、やがて警察はそいつのところにやってきたそうだ。

相手が暴走族とはいえ、接触事故でもそれくらいのことをやる。暴行殺人事件となれば、どれほど力を入れて捜査するかわからない。

良次は、慎重に生活することにした。しばらく姿をくらまそうかとも思ったが、そうするとかえって怪しまれそうな気がする。

そのへんのばかと俺をいっしょにするなよ。

良次は、心の中でつぶやいていた。

俺は、力を持っている。完全な力だ。他人を支配し、自由に振る舞う力だ。

良次は、夕刊が出る時刻になったらコンビニか駅の売店に買いに行くつもりだった。一ヵ所で何紙も買ったりはしない。

そんなことをして怪しまれるのは愚(おろ)かだ。一ヵ所で一紙だけを買う。

良次は、夕刊が出回る時刻が待ち遠しかった。


仲根亜由美(なかねあゆみ)は、夕方になると自分が抑えきれなくなっていた。まだ十六歳になったばかりで、初めて男を知ってから一年しか経っていない。自分でも不思議だった。

特に、放課後の部活が終わる頃の時間帯になると、体の奥がじんじんとしてくる。体育館には、男子生徒の汗のにおいが満ちている。そのせいだろうと亜由美は思っていた。

彼女の両親は離婚しており、母と二人暮らしだ。母親は保険会社で働いており、たいてい遅くまで帰ってこない。

亜由美は、別に部活をやっているわけではない。だが、何となく学校に残っていた。学校というのは、何とエロチックなのだろうと彼女は思う。

クラスの女の子たちは、渋谷の街だのカラオケだのクラブだのが楽しいと言う。テレクラでオヤジをからかって遊んでいる女の子もいる。メールで男漁りをやっている女の子もいる。

だが、亜由美には理解できない。

彼女にとってもっとも官能的なのは学校だ。そう思うようになったのは、あの日からだ。仲がよくて評判のカップルがいた。ユイとタツヤの二人。

誰もがうらやましいと言っていた。ユイは美人で優等生。二人ともバスケ部で、いつもいっしょだった。タツヤは、背が高く憧れの的だ。

誰も彼らには手が出せないと思っていた。亜由美も皆と同じだった。遠くから仲のいいカップルを見ているだけだった。

転機は突然にやってきた。あれは夏の日で、夕立があった。亜由美は、玄関でたたずんでいた。そこに、タツヤが通りかかった。亜由美とタツヤは、中学校時代にクラスメートだったことがある。

タツヤが声を掛けてきた。傘がないのだというと、部室に置き傘があるから取ってきてやるという。

タツヤが走っていった。亜由美は、どうしてもタツヤについていきたくなった。雨の中を走り出した。タツヤは亜由美が後についてくるのに気づかない様子だった。

タツヤが部室に入っていく。亜由美は、そっと戸口から様子をうかがった。彼は置き傘を捜しているようだ。だが、誰かが持ち去ったのか、傘が見当たらない。

傘なんていいのよ。

そのとき戸口で亜由美は言った。タツヤが驚いた顔で振り返った。

制服が雨で濡れて肌に張りついていた。タツヤは、ひどく困惑した表情だった。傘が見当たらないことを謝った。

亜由美は部室に足を踏み入れた。強い汗のにおいがした。頭の奥がじんとしびれるような気がした。

二人きりだ。

夏服のブラウスが雨に濡れて下着が透けている。タツヤがそれを気にしているのがわかった。

亜由美は、ドアを閉めた。大胆な行動だ。だが、そうせずにはいられなかった。部室の中の空気が次第にねっとりとしてくる気がする。それにつれて、亜由美は体の奥に熱を持ちはじめる。

タツヤが茫然と亜由美を見ていた。

服を乾かしたいの。

亜由美はそう言った。

実を言うと、亜由美は、それを夢の中の出来事だと感じていた。夕立が降り出して自分が玄関にたたずんでいたのも夢だと思っていた。

だから、いくらでも大胆になれた。

亜由美が服を脱いでそばにあった椅子に掛けた。下着だけの姿になる。亜由美は自分の胸に自信を持っていた。いつも男たちの視線を感じている。顔だって、なかなかのものだと思っている。タツヤは、眼をそらそうとしている。だが、そらすことができないようだ。どうしていいかわからない様子だ。

タオルか何かないの？

亜由美は尋ねた。

タツヤは慌ててロッカーからタオルを取り出した。汗くさいタオルだ。だが、それが亜由美の欲情をさらに高めた。

体を拭(ふ)いてくれる？

亜由美が言うと、タツヤはふてくされたような態度で近づき、亜由美の体をぎこちなく拭(ぬぐ)いはじめた。仏頂面(ぶっちょうづら)は照れ隠しに違いないと亜由美は思った。

亜由美は、わざとタツヤの手に体を押しつけた。タツヤが背中しか拭こうとしないので、前も拭いてよと言った。

タツヤがおそるおそる腹を拭こうとしたので、その手に胸を押しつけてやった。それで、勝負は決まった。

タツヤは、亜由美の胸に触り始めた。亜由美の体におののきが走る。すでに体中が感じはじめている。どこを触られても甘い快感がわき上がってくる。

ついにタツヤは亜由美のブラジャーを外した。顔を埋めてくる。

脚も拭いてくれなきゃ。

亜由美は言って、テーブルに腰を下ろした。わざとミニスカートから下着がのぞくようにした。

見られることでさらに感じている。

夢の中だから、こんなことができるんだ。亜由美はそう思っていた。

部室の中のねっとりとした甘い空気が濃度を増していく。タツヤは、もうタオルなど持っていなかった。てのひらで亜由美の胸を腕を腹を脚をさすっている。

思わず声が洩れた。

タツヤはキスしてきた。がつがつした感じのキスだ。いきなり舌を入れてきた。だが、亜由美は不快だとは思わなかった。

何もかもが気持ちいい。

ねっとりとした空気に包まれ、亜由美は快感に溺れそうだった。どんなに声を出してもかまわない。これは夢の中だ。

そう思った。

タツヤは我慢できなくなったらしい。亜由美の下着を脱がせると、自分もズボンを下ろした。テーブルの上に押し倒すと、乱暴に挿入してくる。

すっかり潤っていた亜由美は少しも痛みを感じなかった。ずしんと奥まで突かれて、その瞬間に最初の小さな絶頂を迎えた。

熱く固いタツヤをすっぽりと包み込んでいる。その満足感がさらに快感を高める。

だが、これだけでは満足できそうになかった。学校でセックスするというスリルもある。だが、それでも足りない。

タツヤは急速に高まっている。

まだよ。

亜由美は言った。

この先、まだ面白いことが起きそうな予感がしていた。そして、その予感が現実のものとなった。

タツヤを呼ぶ声がして部室のドアが開いた。そこに立っていたのは、カップルの片割れのユイだった。

ユイは部室の中の光景を見て、立ち尽くした。自分が何を見ているか理解していない様子だ。やがて、彼女は鞄（かばん）を取り落とし、両手を口に持っていった。

タツヤ……。

ユイは、ぼんやりとした口調で一言つぶやいた。

その表情を見たとき、とてつもない快感が亜由美の体を駆け抜けた。大きな波がやってきて、思わず声が出た。体がのけぞる。

自分が強くタツヤを締めつけたのがわかる。それはタツヤにとって肉体的な快感となったらしい。タツヤはその瞬間に射精しそうになった。
亜由美はそれを察知してタツヤを突き放した。
タツヤが、ああ、と弱々しい声を洩らした。彼は空中に向かってむなしく射精してい
た。ひどく間の抜けた恰好に見えた。
ユイが鞄を残したまま、雨の中を走り去った。
亜由美は黙って身支度をして、部室を出た。タツヤは、茫然と床に座っていた。
ユイとタツヤが別れたと聞いたのは、その翌日だった。
そして、部室で起きたことが、夢ではなく現実だと知ったのだ。タツヤは亜由美を憎
んでいる様子だった。
だが、それから二度もタツヤと交わった。タツヤは亜由美の誘いを断れなくなってい
た。タツヤは亜由美に乗り換えたのだという噂が流れはじめたとき、亜由美はタツヤを
捨てた。
亜由美は自分が被害者のように振る舞い、それはほぼ成功していた。誰もがタツヤの
言うことより、亜由美の言うことを信じたがった。
亜由美はそのときから、自分には特別の力があるのだと思いはじめた。それは、ほど
なく確信に変わった。
男たちは、例外なく亜由美を求める。
生徒も先生も例外はない。

先生の中には、亜由美を学校の外に連れて行こうとする者もいた。さすがに学校で関係を持つことには気がとがめたのだろう。だが、亜由美はそれに応じなかった。

彼女にとって、学校が一番エロチックなのだ。外にいても、ねっとりした空気の影響を感じることはあまりない。

今日も、亜由美は、学校の魔力を感じながら、夕刻の教室に座っていた。窓からは、サッカーや野球の練習をしているグランドの様子が見える。

日が傾いて、教室の中がセピア色に変わる。この時間が好きだった。

亜由美は窓際の席に座り、外を眺めていた。

ああ、体がうずく。

いや、心がうずく。

誰かをまた虜にしたい。そして、できれば、その相手の生活をめちゃくちゃにしてやりたい。

その欲望が体中に渦巻いている。

「ここで何してるんだ?」

教室の戸口で声がして、亜由美はそちらを向いた。

生活指導をしている体育担当の鳥飼先生だった。四十近いマッチョ野郎で、いつもジャージ姿だ。女子生徒からは例外なく嫌われている。

亜由美も嫌いだった。

だが、そのとき、亜由美はまたねっとりとした甘い空気に包まれるのを感じた。

嫌いな鳥飼に犯される。

この横暴な教師に犯される、哀れな女子高生があたしだ。

それを想像すると、体の底がうずいた。

「仲根か？　用事がないのなら早く帰れ」

その瞬間に、今日の獲物が決まった。亜由美の頭が驚くほど早く回転しはじめる。

「何だか頭が痛いんです。体もだるくって……」

「風邪でもひいたんだろう。家に帰って寝ろ」

「保健室、まだあいてますよね」

「なんだ、保健室に行きたいのか？　保健の先生、まだいるかな……」

保健師の楢崎佳子がまだ残っていることは知っていた。鳥飼の仕事が終わるのを待っていっしょに帰るはずだ。鳥飼は結婚しているが、楢崎佳子とこっそりとつきあっている。

亜由美はそういう情報に通じている。黙っていても噂が飛び込んでくるし、学校の中を見回していると、何となくわかるのだ。彼女はそういう事柄に関して特殊な嗅覚がある。

「先生、いっしょに行ってくれますか？」

「子供じゃないんだ。一人で行けよ」

「途中で倒れるかもしれませんよ」

「わかったよ。さあ、行こう」

教室を出て廊下を進む。午後の柔らかな日差しが廊下に差し込んでいる。埃っぽい臭い。生徒たちの汗の臭い。

ああ、なんてエロチックなんだろう。

階段を下ると、一階は薄暗かった。それがまた、亜由美の官能を刺激する。

ねっとりと甘い蜜のような空気が亜由美を包みはじめる。頬が火照ってきた。体の奥がじんじんしてくる。

そのねっとりとした空気が先を歩く鳥飼をも包んでいることを、亜由美は感じ取っていた。

保健室に着き、鳥飼は落ち着かない様子で言った。

「さあ、もういいだろう。先生は見回りに行くぞ」

亜由美は、また夢を見ているような気分になってきた。自分自身をどこかで見ている自分がいる。その別の自分が、保健室の中には誰もいないことを告げていた。

またとないチャンスだ。

いつもそうだ。亜由美が望むとすべてがうまくいく。まるで夢を見ているように円滑に物事が進む。

ねっとりとした空気の濃度が増す。亜由美は蜜の中を泳いでいるような気分になる。

現実感が遠のいていく。

そこは保健室であって、もう保健室ではない。

誰もいないな……。

鳥飼の声がする。

不用心だな。保健の先生はどこへ行ったのだろう。

その声は遠くから聞こえてくるようだ。

ねえ、先生。あたし、横になっていいですか？

その自分の声も、遠くから響いてくるように感じられる。

性夢を見ているように甘く切ない。

ああ、横になって少し休め。

その声が、体の芯を刺激する。鳥飼も、この奇妙な空気に包まれて、落ち着きをなくしている。それをもう一人の自分が観察している。

無機質な保健室の中の光景が、ゆっくりと融けていくようだ。

亜由美はベッドに横になった。ああ、保健室のベッド。なんて、いやらしいんだろう。

体がぞくぞくする。

先生。

亜由美はベッドから声を掛ける。

この間、足首捻っちゃって。腫れてるみたいなんです。見てくれますか？

ああ、見てあげよう。

鳥飼が近づいてくる。亜由美はどきどきした。

どっちの足だ?

右足です。

もう亜由美にとってはそんな会話は意味がない。鳥飼の手が右の足首に触れる。

ああ、大嫌いな鳥飼に触られている。私はかわいそうな犠牲者だ。

そう思うだけで、息が弾む。

よくわからんな。靴下をおろしていいか?

はい。

するするとソックスがふくらはぎを滑っておりていく。その感触にも感じてしまう。体中が感じる。

じかに鳥飼の手が触れる。鳥肌が立ちそうだ。嫌悪感と快感が混ざり合う。

亜由美は膝を立てた。鳥飼からは、短いスカートの中が見えているはずだ。いやらしい鳥飼の眼があたしのスカートの中を覗いている。そう思うだけで、息が苦しいほど興奮してきた。

鳥飼の息づかいも荒くなってきた。もう一人の亜由美がほくそえんでいる。触れられているところが熱を持ったようだ。

鳥飼の手が亜由美の足をさすりはじめた。声が出るくらいに感じる。嫌悪感と快感。

その二つが混じり合って、何が何だかわからなくなる。

あたしは、この大嫌いな鳥飼に犯されるんだ。その妄想が、さらに蜜のような空気を濃密にする。

鳥飼の手の動きがせわしくなった。両手で亜由美のふくらはぎをさすっている。ざらざらしたがさつな感触。その手が徐々に太腿のほうにはい上がってくる。

あたしの白くてきれいな脚が、汚らしい中年男の鳥飼に弄ばれている……。

声が洩れた。

その声に反応したように、鳥飼の息づかいがさらに荒くなる。ついに彼は、亜由美にのしかかってきた。

亜由美は、小さな枕の上でいやいやをする。そうした哀れな仕草をすることで、さらに興奮するのだ。ああ、あたしはかわいそうだ……。

すでに、鳥飼は亜由美の世界に呑み込まれている。きっと、彼も夢を見ているような気分になっている。

夢の中だから、何をやってもいい。そう思っているに違いない。亜由美も初めてのときはそうだった。

鳥飼のいやらしい手が胸を揉みしだく。体の奥から、次から次と快感の波が押し寄せる。ブラウスのボタンを外され、ブラジャーを引き上げられる。乳房が直接外気に触れて、独特の解放感を感じる。

舌が這う。乳首を口に含まれる。

なんて、いやらしいんだろう。

鳥飼は、下着を取り去った。下半身がすうすうする。指で擦られる。

思わず体がのけぞった。鳥飼の汚らしい指が……。

やがて、もっとおぞましいものが股間に押しつけられた。

ついに犯されるんだ。

鳥飼が分け入ってきた。奥まで押し広げられる感触。

さっきより大きな声が出た。

鳥飼が亜由美の中で動きはじめた。

ああ、おぞましい。気持ちが悪い。でも、感じる……。

もっと、感じたい。こんなものでは満足できない。さきほどから、小さな快感の波が寄せては引いていく。これじゃ、いけない。

鳥飼が高まっていくのがわかった。腰の動きが早まる。

だめだ、こんなんじゃつまらない。

そのとき、もう一人の亜由美が、ささやいた。待っていたものが来たよ。待っていたものが……。

ねっとりとした蜂蜜色の空気の向こうで、何か音がした。ドアの開く音だ。

誰かいるの？

女の声がする。保健師の楢崎佳子の声だ。三十過ぎの肉感的な女。なんだか色っぽくて許せない。いつも、そう思っていた。

鳥飼と不倫をしている女。

あんたも、あたしの虜にしてやる。

楢崎佳子が、カーテンを開け、ベッドで繰り広げられている光景を見て立ちすくむ。

鳥飼の動きが止まった。

亜由美は、さらに妄想を膨らませる。

あたしを助けてくれるとばかり思っていた保健師までが、鳥飼に手を貸すんだ……。

鳥飼と二人であたしを犯す。ああ、あたしはなんてかわいそうなんだろう。

楢崎佳子も、ねっとりとした蜜のような空気に包まれている。驚愕の表情で立ち尽くしていた彼女に、鳥飼が言う。

「こっちへ来いよ。三人で楽しもう」

三十女は、そのとたんに夢の世界に引き込まれる。もう一人の亜由美には、佳子の気持ちが手に取るようにわかる。

もともと肉欲の強い彼女は、たやすく亜由美の妄想の世界に引き込まれた。

かわいい子ね。

彼女はうっとりとした顔で言う。

こういう子と一度遊んでみたかったの。

佳子は白衣を脱ぎ近づくと、いきなり亜由美の唇を奪う。そして、舌を使った。

女の人にキスされている。気持ち悪い。でも気持ちいい。

佳子の手が、露わな胸をまさぐり、揉みしだく。しっとりとしたてのひらで、鳥飼よりもずっと気持ちいい。

それから、佳子は、鳥飼と濃厚なキスをかわした。

やめてください。先生、やめてください。

亜由美はわざと、そういう言葉を吐く。それで、鳥飼や佳子だけでなく、自分も興奮することを知っている。

あたしが手を押さえてやるわ。

佳子が言う。

佳子は、亜由美の両手を押さえ、舌を首筋に這わせたり、耳にキスしたりする。

亜由美は高まってきた。快感の波が大きくなる。

でも、まだ足りない。

また、もう一人の亜由美の声が聞こえた。誰かが来る。決定的なチャンス。

亜由美は、大きく息を吸い込んだ。

そして、思い切り悲鳴を上げた。

その瞬間に、鳥飼と佳子の動きが止まった。ドアが開く。誰かが飛び込んできた。亜由美の悲鳴を聞いて驚いて駆けつけたのだ。

教頭だった。

白髪交じりの冴えないオヤジ。教頭は、目玉が飛び出すのではないかと思うくらいに、目を見開いた。

言葉を失って、その場に凍りついている。鳥飼と佳子が茫然と教頭を見返している。

その瞬間、亜由美の体を最大の快感が襲った。大波に飲まれ、亜由美は声を上げた。

それが悲鳴のように聞こえた。

その瞬間に、保健室の中は現実味を取り戻した。白い薬棚が、カーテンが、机が、窓のサッシが、にわかにはっきりと見える。もう一人の亜由美はどこかに消えていた。

「教頭先生」

亜由美は泣きながら言った。「助けて。お願い、助けて」

6

下村達也は、体育教師の鳥飼と、保健師の楢崎佳子が、突然学校を辞めることになったと聞いて、さすがに驚いていた。先生たちはまったく事情を説明しなかったが、事実は噂という形で生徒の間に行き渡る。懲戒免職だという。

鳥飼は嫌われ者だった。達也も大嫌いだった。彼が学校にいなくなったのにはせいせいしたが、楢崎佳子までいなくなったのは、ちょっと残念だった。

バスケットボールで怪我をして、保健室に行ったときなどに、楢崎佳子は、エッチな遊びにつきあってくれたりしたものだ。

達也から見れば、オバサンだが、彼女の豊かな肉体は何ともいえず魅力的だった。

鳥飼と佳子の懲戒免職には、仲根亜由美が絡んでいるという噂を聞いた。なるほどなと、達也は思った。

亜由美のせいでユイを失った。夕立のあった午後、バスケットボール部の部室での出来事だ。あのときのことは忘れない。亜由美の罠にかかったのだと思った。

亜由美を憎んだこともある。憎んでいたのに、亜由美と二度も寝た。憎しみがセックスの快感を強めるとは思ってもいなかった。亜由美とのセックスは、ユイとのそれなど比べものにならないほどよかった。

それから、達也は亜由美の虜になった。だが、そのとたんに、あっさりと振られた。

だが、今は亜由美を怨んではいない。

亜由美とつきあってから、達也は変わった。ユイとつきあっているときには味わえなかった楽しみを覚えた。保健室の佳子としばしば遊ぶようになったのもそれからだった。バスケットボールの花形選手である達也には、いくらでも女が寄ってきた。その気になれば、いつでもどこでもセックスができた。

学年も関係ない。女子生徒たちは、最初は戸惑うものの、結局体を許す。拒否されても無理やりセックスをした。

一度体を許すと、女は自分が彼女だと思いはじめる。それを冷たく突き放すのが性行為そのものよりも快感だった。

その味を覚えたのも、亜由美と交わってからだった。

関係を持った女同士で争いを始める。それを冷たく眺めるのが好きだった。冷たくされても、すがってくる女がいる。達也は、冷淡な態度のままセックスをする。体だけをむさぼる。女を完全に支配したような気になる。精神の高揚を伴い、すごい快感を得られる。

こんな思いができるのも、亜由美のおかげだ。今はそう思っている。

亜由美が、鳥飼に犯されたのだという噂が流れた。佳子がその手伝いをしたのだという。亜由美は、問題を表沙汰にしたくない学校側に説得され、警察には訴えなかった。示談にしたという話だ。

被害者は亜由美じゃなくて、鳥飼だろう。達也は思った。亜由美の虜になった達也にはそれがわかる。

横暴で暴力的な鳥飼を学校から追い出してくれた亜由美に感謝したい。だが、鳥飼にも同情した。彼の生活は滅茶苦茶になった。将来もない。そして、一回だけで放り出された鳥飼は、亜由美の世界の仲間になることもできなかった。

亜由美の世界。

たしかに、それはある。

達也は思った。

言い換えれば、亜由美の虜だ。彼女のそばにいると、ねっとりとしたいやらしい気分の空気に包まれる。それに抵抗できる男はいない。いや、もしかしたら女さえも……。佳子もきっと犠牲者なのだ。

鳥飼と佳子の懲戒免職が発表された日の夕方、達也はある女の子と待ち合わせをしていた。新しい女の子だ。一年生で、なかなかかわいいと評判の子だった。

今日の獲物はこいつだと決めていた。

どこに連れ込もうか……。学校というのは、その気になれば誰も来ない場所がいくらでもある。汗と埃のきつい臭いが満ちている体育用具室もなかなかいい。

亜由美との一件以来、部室というのも気に入っていた。達也は、裏庭にある立木のところで待ち合わせていた。

体育館の入り口は、取り巻きの女たちがうるさい。

小百合という名の女だ。背が低いがプロポーションがいい。髪を肩のあたりで切りそろえている。

バスケットボールのユニフォームから制服に着替えると、達也は約束の場所に向かった。鼻歌を歌い、これからの計画を練っていた。

裏庭に出る渡り廊下から立木を見る。まだ小百合は来ていないようだ。

「なんだよ。俺を待たせる気かよ……」

達也は、つぶやいて立木に近づいた。そのとき、その木の向こうから誰かが姿を見せた。

裏庭は校舎に囲まれており、日が当たらない。薄暗い裏庭で、その男は白く浮き出ているように見えた。

達也はぎょっとした。

まだ若い男の顔だ。だが、髪が真っ白だった。いや、銀髪だ。染めているのだろうか。白い詰め襟の中国服みたいなスーツを着ている。不気味な印象だった。

その白い男が言った。

「下村達也だな？」

その眼の色も淡い茶色だ。

「何だよ、あんた」

「小百合は来ない」

「何だって？」

「俺が金で雇って、あんたをおびき寄せたんだ」

「おびき寄せただって……」

達也は、不安になった。「あんた、誰なんだよ」

「外道に名乗る名前なんてないよ」

「外道だって？」

「ああ。誰にたぶらかされたか知らないが、立派な外道に成り下がりやがって。祓って
やるから、ありがたく思え」

「祓う……？　何を言ってるんだ……」

逃げ出そう。

達也はそう思った。

こんなやつと関わり合いにならないほうがいい。

だが、口ではまったく別のことを言っていた。

「怪我しないうちに、失せろよ」

　白い男は、かすかに笑った。

「怪我をするのはどっちかな。俺のお祓いはかなり荒っぽいぞ」

「頭おかしいんじゃねえの？　小百合が来ないんなら、俺、帰るぜ」

「ふん。びびってやがるな」

　かっと頭に血が上った。

「ふざけんなよ。てめえ……」

　危険だ。近づくな。

　達也の頭の中で警報が鳴っている。だが、達也は、すでに一歩白い男に近づいていた。

　体力には自信がある。相手は、達也より五センチ以上背が低い。負ける気はしない。

　達也は、左手で白い相手のスーツの胸元をつかんだ。右手を肩口に引いて、顔面にパンチを飛ばそうとした。

　そのとたん、目の前が眩しく光った。鼻がじんとしびれ、地面がせり上がってくるように感じる。

　相手の拳で鼻を打たれたのだと気づいたのは、鼻血がしたたってからだった。制服のワイシャツに赤い染みができる。

　猛烈に腹が立ってきた。

「このやろう……」

達也は、踏み込んで思い切り右のパンチを振り出した。その瞬間に足を払われた。前につんのめる。

顎にしたたかな衝撃が来た。アッパーカットを食らったのだ。膝からすとんと力が抜けた。達也はその間に崩れ落ちていた。

強い。

達也は、頭を振ってから相手を見上げた。とてもかないそうにない。恐怖が喉元にせり上がってくる。

こいつは、俺に何をするつもりなんだろう。俺を怨んでいる女がこいつを使って仕返しをしようというのか……。

ならば、祓うというのは、何のことなんだ……。

白い男が言った。

「ようやく、邪気が弱まってきたな。そろそろ祓ってやるか……」

「何だよ……」

達也は、尻餅をついたまま後ずさった。「何をする気だよ……」

「いいから立てよ。みっともないぜ」

「やだよ」

寂寥感が背中を這い昇ってくる。生理的な恐怖を感じる。何だかわからないが、ひどく嫌なことをされるような気がする。

白い男が近づいてくる。達也は尻で芝生を擦るようにさらに後ずさる。

白い男は苛立ったように達也のブレザーをつかんで無理やり立たせた。もう、恥も外聞もない。達也は、相手の暴力によってすっかり気が萎えてしまっていた。

白い男が、達也の眼を覗き込むようにして言った。

「外道。覚悟はいいな？」

「覚悟……。何の覚悟だよ……」

白い男の体がすっと沈んだ。

次の瞬間、腹にすさまじい衝撃が来た。息が止まる。パンチを食らったようだ。

だが、それだけではなかった。腹に来た物理的な衝撃の直後、体の中で何かが爆発したような気がした。

目の前が真っ白になる。上下左右がまったくわからなくなった。何か喚いたような気がする。だが、その自分の声も耳に届かなかった。

全身を瞬時に焼かれるような衝撃。それがどれくらい続いたろう。

気がついたときには、芝生に倒れていた。校舎に囲まれた四角い空が見えた。青い空に浮かぶ白い雲。

何だか夢から醒めたような気分だった。首を起こすとそこに白い男が立っていた。慌てて立ち上がる。

足がふらついた。だが、何だか体が軽いような気がする。すっきりした気分だ。

俺はどうなったんだ。

いったい、俺に何が起きたんだ。

達也は、思った。

白い男を見た。何だか初めて会ったような気がする。さっきの出来事が夢のような感じだ。恐怖感が消えていた。

白い男はじっと達也を見ている。達也もまっすぐに見返した。怒りも恐れもない。

「どうやら、うまく祓えたようだ」

白い男が言った。

「いったい、俺は……」

「まだ、女を漁りたいか？」

達也は、眉をひそめた。

「何を言ってるんだ……。女を漁るなんて……」

達也は、そう言ってから、今までの自分の行動を思い出した。ひどく恥ずかしくなった。その気持ちを見越したように、白い男が言った。

「気にするな。おまえのせいじゃない」

「俺のせいじゃないって……？」

「誰かに外道にされていたのさ。問題は、誰にたぶらかされたか、だ」

達也は、白い男が何を言っているのかおぼろげながら理解した。

俺はたしかにどうかしていた。だが、そのきっかけがあった。そうだ。あの夕立の日……。


そのとき、白い男が達也の背後に眼をやった。達也はその視線を追って振り返った。

そこには、黒ずくめの男が立っていた。

黒のジャケットに黒のズボン、黒いシャツに黒の靴。

その男が白い男に言った。

「相変わらず、やることが荒っぽいな」

彼は、達也のシャツについた血の染みを見ていた。

「小物を祓ったって、自慢にはならないさ」

「ふん」

白い男が言った。「これが俺のやり方だ。あんたと違って甘くない」

のんびりとした口調だ。

この二人は知り合いのようだ。いったい何者だろう。

「邪魔するなよ。俺が先に嗅ぎつけたんだ。俺の仕事だ」

白い男は達也に視線を戻した。「誰に外道にされたんだ？」

「外道って……」

「自分がおかしかったって自覚、あるだろう。誰のせいか知ってるんじゃないのか」

知っている。

達也は思った。そうだ。そうとしか考えられない。体育の鳥飼や保健室の佳子も彼女の犠牲になったに違いない。

「仲根亜由美……」

「何者だ？」

「同学年だよ」

「女子高生か」

「そう」

「そいつを連れてこられるか？」

「呼べば来ると思うけど」

「おい」

黒ずくめの男が、達也の背後から言った。「女相手に暴力を振るうつもりか？」

白い男がこたえた。

「やるさ。相手は人間じゃない。外道だ」

「亡者は人間だよ。陰陽のバランスが狂っているだけだ」

「甘いな」

「あのう……」

達也はおそるおそる白い男に尋ねた。

「祓ったって……、いったい何を祓ったんだ？」

「おまえの中の邪気だよ」

「邪気……？」

後ろの黒ずくめの男が言った。

「陰の気だ」

達也は振り返った。

「インのキ？」

黒ずくめの男がうなずいた。

「この世はすべて陰と陽のバランスで成り立っている。つまりプラスとマイナスだ。ミクロの世界もそう。マクロの世界もそうだ」

「それは何となくわかるけど……」

「人間の社会や人間自身も陰と陽のバランスで成り立っている。怒り、憎しみ、悲しみ、妬みなどのマイナスの感情が凝り固まると、そこに大きなエネルギーが生じて、人は亡者になる」

白い男が言った。

「外道だよ」

黒ずくめの男は、取り合わずに説明を続けた。

「陰の気それ自体は、人が生きる上で必要なものだ。生きる上でのエネルギー源となる。出世を願ったり、金を儲けようとしたりという気持ちが湧くのも陰の気のおかげだ。そして、陰の気は官能に強く作用するから、子孫を残すために必要だ。しかし、陰の気が強すぎると、暴力的になったり色欲に溺れたりする。それが高じると亡者となり、人に害をなすことになる。我々はその陰の気を祓い、陰と陽のバランスを整えるんだ」

白い男が続けた。

「外道はな、人を虜にして外道にする。吸血鬼みたいなもんだ。おまえも、その仲根亜由美とかいう女に虜にされ、外道に成り下がっていたんだ。それを祓ってやったんだから、感謝しろ」

殴られて感謝しろと言われたのは初めてだった。しかし、たしかに変わったという実感があった。

体の中を風が吹き抜けていくように爽やかに感じられる。

黒ずくめの男が言った。

「この学校は陰の気に満ちている。きっと強力な亡者がいるに違いないと思ってやってきたんだが……」

白い男が言った。

「俺が先に見つけたんだ。邪魔するなよ」

「先とか後とかの問題じゃないだろう」

「あの……」

達也は言った。「俺、もう行ってもいいかな?」

「仲根亜由美を連れてこい」

白い男が言った。「ただで祓ってやったんだ。それくらいのことはしてもいいだろう」

「もう帰ったかもしれない。どこにいるかわかんないよ」

「自宅は知っているか？」

達也はうなずいた。

「中学校の時、同じクラスだったから……」

「住所を教えろ。そしたら、帰っていい」

達也は亜由美の自宅の正確な住所を覚えてはいない。だが、場所ならばわかる。学校からの道順を説明した。

「行っていいぞ」

白い男が言ったので、達也はその場をさろうとした。

脇を通り過ぎようとしたとき、黒ずくめの男が言った。

「君が亡者だった間のことを、他の人は当分忘れないだろう。特に、関係を持った女性はね。これから生活を立て直すのがたいへんだぞ」

達也は肩をすくめた。

「学校って便利なところで、学年が変わったり、卒業したりすると、いろいろなことがチャラになるんだ」

黒ずくめの男はほほえんでうなずいた。その笑顔が妙に優しげで、達也は照れくさくなった。

女の子の二人連れが渡り廊下の向こうからやってきた。特に何も感じない。これまでの達也なら、獲物を見る眼で二人を見つめていたに違いない。長い間、悪い夢を見ていたような気がする。楽しいが悪い夢だ。

風景が違って見える。爽快な気分だ。

なるほどな。

達也は思った。

あの白い男の言うとおり、感謝してもいいかもしれないな……。

達也は、学校を後にして夕暮れの商店街を穏やかな気分でゆっくりと歩いた。

7

亜由美は、学校から帰り部屋に入ると、着ているものをすべて脱ぎ捨てた。わざとカーテンを閉めずにいた。

全裸になるとすごく解放感があり、肌にじかに空気が触れると、どういうわけかかえって肌が火照るような気がした。

誰かが気づいて、遠くからこの部屋を双眼鏡か何かで覗いているかもしれない。そう想像するだけで、興奮してくる。

全裸のままベッドに横たわり、伸びをした。最近、全身が敏感になっているのに気づく。ベッドカバーの感触が体中を刺激する。

階段の下から、母親の声がした。来客だと告げている。

あたしに客……?

亜由美は、ベッドから起きあがり、ブラジャーをせずにTシャツを着た。新しいパンティーをはいてぴっちりとしたジーパンをはいた。階段を降りると、玄関に妙な男たちが立っていた。

男たちの話し声が聞こえる。

「何であんたまでが来るんだ?」

「今度はちょっと手強い。おまえの手に負えないかもしれない」

亜由美が玄関に出ると、男たちが彼女を見つめた。

白い服に銀色の髪の若い男。そして、すべて黒いものを身につけている男だ。亜由美は、咄嗟にこの男たちのどちらと寝たら楽しいだろうと考えていた。

見知らぬ男たちを見ただけで、亜由美の周りの空気が粘りけを帯びてくる。ねっとりとした空気。

白い服に銀髪の男が言った。

「ほう……。その気丸出しじゃないか」

黒い服の男が言った。

「陰の気に呑まれるなよ。虜になるぞ」

「誰に言ってるんだ」

亜由美は言った。

「あの、あたしに用って……」

心持ち、胸を反らせた。

乳房の大きさには自信がある。しかも、ノーブラでも形は崩れない。Tシャツには乳首の形が透けて見えているはずだ。

だが、ふたりとも亜由美の胸には一瞥もくれなかった。

白い服に銀髪の男が言った。

「話がある」

「話って……？」

「ちょっと込み入った話だ」

「突然やってきて、そんなこと言われても……」

「下村達也からあんたのことを聞いてやってきた」

「タツヤから……？」

「つきあっていたことがあるのか？」

亜由美は肩をすくめた。

「ちょっとだけね。でも、それがなんだって言うの？」

「だから、込み入った話だ」

亜由美は、白い服の男と黒ずくめの男を交互に見た。二人とも、悪くない。髪を銀色に染めているのはあまり趣味がいいとは言えないが、まあ、ヴィジュアル系とも言える。

黒い服のほうは、顔立ちが悪くない。とらえどころのない印象だが、たしかにイケメンだ。

「わかった。部屋で話を聞く。二階に来て」

二人を部屋に招き入れることには抵抗はなかった。今の亜由美は貞操の危機など感じない。

この二人と寝られるかもしれない。そう期待するだけだ。たいていの男は、亜由美の誘惑に抵抗できない。亜由美といると、たちまち男たちは欲情して本性を丸出しにする。

狭い部屋のほうが効果的であることを、亜由美は経験から学んでいた。

先に階段を上がる彼女は、男たちが自分の尻を見ていることを期待していた。ぴっちりとしたジーパンに包まれた形のいい尻。

後ろで男たちはまだ言い合いをしている。

「あんたはもう帰れよ」

「おまえのことが心配なんだよ」

「奥州勢を見くびるなよ」

「見くびっちゃいない。正当に評価した上で心配してるんだ」

「やなやつだな」

部屋に入った瞬間から、亜由美はねっとりとした空気を意識していた。甘い蜜のような空気。脱いだ制服や下着がまだ床に投げ出されたままだ。それが、男の欲望を駆り立てることを意識していた。

「やだ。忘れてた。学校から帰って着替えしたばかりだったんだ」

亜由美は、制服と下着をかき集め、クローゼットにしまった。わざとブラジャーが眼につくように意識していた。

男たちは戸口に立ったままだった。

亜由美は、勉強机の椅子に腰掛けた。

「それで、話って……？」

男たちは、その問いには応えず、部屋の中を眺め回している。見えない何かを探っているようにも見える。

「何やってるの？」

白い服の男が言った。

「こりゃあ、ちょっとしたもんだな……」

黒い服の男がうなずく。

「これでは男たちはひとたまりもない」

亜由美は、彼らの態度に不安を覚えた。

「ちょっと、いったい何なのよ」

白い服の男が言った。

「これから祓ってやるから、ありがたく思え」

「ハラウ……？　何のことよ」

「あんた、知らないうちに外道に成り下がったんだ」

「ゲドウ？」

亜由美は眉をひそめる。

黒い服の男が言った。

「俺は亡者って呼んでるけどね。こいつらはがさつでね……」

不安が募る。本能的に危険を感じた。

亜由美は立ち上がった。

「何をするの？」

黒い服の男が何かを持ち上げるような恰好で、両手を差し上げた。深く深呼吸を始める。

亜由美は、ねっとりとした空気が薄らいでいくのを感じた。鳥肌が立った。急に寒々しい感じがしてきたのだ。冷たい風が吹き抜けていくような気がする。

窓は閉まっているので、風が吹き込むはずはない。風は、黒い服の男から吹いてくるようだ。

力を奪われていくような不安を感じる。

「何なのよ、あんたたち……」

「俺は鬼道衆の奥州勢と呼ばれている」

白い服の男が言って、一歩近づいた。

「俺は本家だよ」

黒い服の男は、戸口に立ったまま、同じ恰好をしている。

「変なことをすると、大声を出すよ。お母さんが警察を呼ぶからね」

「警察が来るまでには片づくさ」

亜由美はあとずさった。

だが、狭い部屋だ。すぐに本棚に背中がぶつかる。白い服の男がさらに一歩近づいた。目つきが変わっている。射るような鋭い眼差し。

悲鳴を上げようとしたが、声が出せない。

白い服の男が左手で亜由美の右手を握った。亜由美は、必死で左手を振り、相手の顔を殴りつけようとした。その左手もあっさりとつかまれてしまう。

両手首をつかまれて、亜由美は必死にもがいた。だが、男の力は強い。

股間を蹴り上げようとした。白い服の男はそれを見越したように、亜由美の体をぐいっと捻る。

亜由美はバランスを崩した。
二、三歩よろけて、倒れた。ベッドに倒れ込む形になった。白い服の男は手首をつかんだまま覆い被さってくる。
ベッドに押しつけられたような恰好だ。

まるで犯されようとしているようだ。

亜由美はそう思った。

ああ、あたしは、この見知らぬ男たちに犯されてしまうのだ。男たちは、あたしをあたしの部屋でさんざんに陵辱する。泣き叫んでも誰も助けに来ない……。

亜由美の妄想が膨らむ。

薄らいでいたねっとりとした甘い空気の密度が増す。亜由美の体の芯に同じような甘い快感が生まれる。

男の胸があたしの乳房を押しつぶしている。男はその感触を楽しんでいるに違いない。

やがて、あたしはTシャツをはぎ取られ、もう一人がジーパンを脱がしに来るのだ……。

恐怖と絶望。それが快感をもたらしていた。ねっとりとした空気が亜由美の周囲で急速に濃くなっていき、それが白い服の男をも包んだ。

白い服の男がわずかにのけぞった。

ほら、あそこが固くなっている。この固いもので、あたしは貫かれるんだ……。

やめろ……。

白い服の男が言って、今度は馬乗りになった。

やめないと、痛い目にあうぞ。

拳を振り上げている。

ああ、あたしは暴力で犯されるのだ。殴られてひどい目にあうに違いない。抵抗する気がなくなったときに、ついに犯されるのだ……。

やめろ。

白い服の男は、拳を振り上げているが、それを下ろすのをためらっているようだ。

拳を振り下ろすのはやめて、平手で頬を打った。派手な音がする。そして、頬のじんとした痛み。

それが、亜由美にぞくぞくした快感をもたらした。

ああ、あたしはなんてかわいそうなんだ。殴られ、そして犯される……。

ねっとりとした空気が濃くなっていく。やがてそれは、部屋中を満たしはじめた。亜由美の妄想の世界が広がっていく。そして、密度を増す。

遠くで声が聞こえた。

だから言っただろう。おまえのやり方じゃだめだって……。

白い服の男がゆっくりと振り返る。

亜由美もそっちをみた。

黒い服の男は、まだ戸口に立ったままだった。

黒い服の男は、左手を真横に差し出し、右手を縦横に振っている。

縦に四回、横に五回……。

ねっとりとした空気をかき回しているようだ。いや、かき回すというより切っているように見える。

そこから風が吹いてくる。冷たい風だ。亜由美はその風に頬をなでられた。体の熱を奪いさられるような気がする。

何するのよ。

　亜由美は、黒い服の男に言った。
　せっかくの気分が台無しじゃない。
　さらに、黒い服の男は、右手で十字を描いている。
　やめてよ。いっしょに楽しみたくないの？
　甘い蜜のような空気が風に吹かれて薄らいでいく。黒い服の男から吹いてくる風だ。
　ゆらゆらと揺らいでいた部屋の中の光景が、にわかに現実味を増してくる。
　ダメよ。これじゃ気持ちよくなれない。
　現実味を増した部屋の中に、黒い服の男の声が響いた。
「引き返すなら今だ」
　何よ。何を言ってるの？
「無極の混沌に留まるな。陰陽の理に従って太極の乾坤に戻ってこい」
　言葉の意味はわからない。
　でも、黒い服の男が何を言おうとしているのか、理解できた。
　亜由美は迷った。頭の中で二人の亜由美が争っているように感じられる。
　やめて、やめて、やめて、やめて……。
　白い服の男が、激しく頭を振るのが見えた。彼はまだ亜由美に馬乗りになっている。
「やめて、やめて……」
　亜由美は弱々しくつぶやいている。

「外道め……」

白い服の男が言った。「この俺までたぶらかそうとしたな……」

怒りの表情だった。

拳を振り上げる。

その拳が、亜由美の腹に撃ち込まれた。

内臓がひっくり返るような痛み。息が止まる。

同時に、全身を貫く激しい衝撃を感じた。目の前が真っ白に光る。世界が消失する。

頭の中が破裂する。

亜由美は、悲鳴を上げていたに違いない。意識が吹っ飛んだ。

深い闇の中に沈んでいく。

どれくらい意識を失っていたのかはわからない。

気がついたとき、亜由美はベッドに横たわっており、二人の男は、戸口に立って亜由美を見つめていた。

亜由美はあわてて身を起こした。

目眩がした。

二人の男は何も言わない。亜由美はきつく目を閉じ、頭を振った。目を開けると、まだ男たちは亜由美を見つめていた。

亜由美は言った。

「いったい、何が起きたの？」

黒い服の男が言った。

「亡者から人間に戻した」

「人間に戻した……？」

亜由美は、頭がぼんやりとしていた。すでに窓の外は夕暮れだ。どうやら気を失っていたらしいと気づいた。

どれくらい意識がなかったのかはわからない。長い夢を見ていたような気もする。

「まったくたちの悪い外道だったぜ」

白い服の男が苦々しい顔で言った。「俺をたぶらかそうとしやがった」

「たぶらかす……？」

亜由美は、何が何だかわからなかった。

「そうだよ」

白い服の男が言う。「おまえは、下村達也をたぶらかして外道に仕立てた。そして、下村は、邪気をまき散らしていた。下村達也も、俺が祓ったがな……」

「下村達也……」

タツヤがどうしたというのだろう。

亜由美は、夕立の日のバスケットボール部の部室の出来事や、そのあと、タツヤとごく短い間つきあったことを思い出した。

不思議な気分だった。

まるで他人の人生のような気がする。

本当に長い夢を見ていたようだ。そして、夢であってくれればいいと思う。だが、現実に自分がやったことなのだ。

亜由美は急に恥ずかしくなった。

「あたし……」

亜由美は言葉を探した。「あたし、どうかしていたんだわ」

黒い服の男がうなずき、あっけらかんとした口調で言った。

「そう。陰の気に取り憑かれていた。もう少し遅ければ、後戻りできなくなるところだった」

白い服の男が言った。

「人間ってのはな、簡単に外道に落ちる。だが、自分自身の力ではもとの人間には、なかなか戻れない。だから、俺たちが祓う。ただで祓ってやったんだ。ありがたいと思え」

黒い服の男がかすかな笑いを浮かべた。

「亡者に取り込まれそうになったくせに、偉そうなことを言うな」

「うるさい……」

白い服の男が、ふてくされたようにそっぽを向いた。「女の外道は苦手なんだよ」

「あたし、タツヤとユイにひどいことをしたわ。体育の鳥飼と保健師の先生にも……」

黒い服の男が緊張感のない顔を亜由美に向けた。

「済んだことはしょうがない。あんたは、普通じゃなかった。言ってみれば、病気みたいなものだ。忘れることだ」

「あたしが忘れても、周りのみんなは忘れない」

「下村達也が言っていた。学校というのは便利なところで、進学したり卒業したりしたら、いろんなことがチャラになるって。だいじょうぶ。やり直せるさ」

「でも……」

「あのな」

白い服の男が言った。「俺たちは悩み相談をやりにここに来たんじゃない。まだ大切なことを聞いていないんだ」

黒い服の男が顔をしかめる。

「デリカシーがないな。だから奥州勢はだめだと言われるんだ」

「あんたが悠長すぎるんだよ」

「あの……」

亜由美が言った。「大切なことって……？」

黒い服の男が亜由美を見て言った。

「誰に亡者にされたか、だ」

「え……？」

「亡者は人を虜にして、亡者にしてしまう。君も誰かに亡者にされたに違いない」

亜由美は、必死で黒い服の男が言っていることを理解しようとした。

あたしはたしかに変だった。病気のようなものだと、黒い服の男が言った。そうだったのかもしれない。では、その病気をうつした人間がいるということか？

「わからない」

亜由美は言った。

「そうか？」

黒い服の男が、相変わらずぼんやりとした表情のまま言った。「たいていは、心当たりがあるもんなんだがな」

「まあ、中には、一人で勝手に外道に成り下がるやつもいるがな……」

白い服の男が言う。「それは、少数派だ。よほど、生まれつき陰の気が強く、さらに、強烈な憎しみだの怨みだのコンプレックスを持っていなければ、そうはならない」

「たいていはセックスがきっかけとなる。何か身に覚えはないか」

黒い服の男が尋ねた。

「あたしの性体験を聞きたいわけ？」

「何か覚えはないかと言っているんだ。君の体験を逐一（ちくいち）聞きたいわけじゃない」

「覚えって？」

「何か異常なセックスをしたことはないか？」

亜由美は眼をそらした。

「亡者って、あなた、言ったよね」

「ああ」

「じゃあ、その亡者ってどんなものか知ってるんでしょう？　正常なセックスでなんか満足しないんだよ」

「亡者になる前のことを聞いているんだ」

「そんなのわかんないよ。いつから亡者になったかなんて……」

「いや、きっかけは覚えているはずだ。そういうもんなんだ」

もしかしたら……。

亜由美は思った。思い当たる節がないわけではない。

だが、それを口に出すことははばかられた。そんなことを彼らに教える必要はない。

亜由美はかぶりを振った。

「覚えはない」

黒い服の男は、関心があるのかないのかよくわからない表情で亜由美を眺めている。

白い服の男が苛立った様子で言った。

「覚えがないはずはない。何か隠してるな？」

「隠してなんかいない。本当にわかんないんだよ」

「いいか？　俺はな、おまえなんか祓ったって、一文にもならないんだ。どこかに外道の親玉がいる。そいつを祓わなきゃならないんだよ」

「知らない。あたし、何にも知らない」

黒い服の男が顔をしかめて、白い服の男に言った。

「おい。亡者ってのは、被害者でもあるんだ。もっと優しく話ができないのか？」

「そんな甘っちょろいことを言っていたら、いつまでたっても親玉を見つけることはできない」

「心配するな。この俺が見つけるさ」

白い服の男はまたそっぽを向いた。

黒い服の男が亜由美のほうを見た。

「本当に心当たりはないんだな？」

亜由美はうなずいた。だが、黒い服の男の眼を見ているのが辛かった。

「そうか」

黒い服の男が言った。「ともあれ、無事に祓えてよかった。後始末はなかなかたいへんだが、君自身でやらなければならない」

亜由美はうなずいた。

「がんばるんだな。じゃあ、俺たちは失礼する」

「おい」

白い服の男が言った。「まだ話は終わってない」

「充分聞いたさ。さあ、行くぞ」

「こいつは何か隠している。それがわからないのか？」

「いいから、来いよ」

黒い服の男は部屋のドアを開けた。彼のほうから、また風が吹いてくるように感じた。その風は冷たくて不快だった。それがぼんやりと記憶にあった。だが、今は、清涼な感じがして気持ちがいい。

白い服の男は、舌を鳴らして亜由美を見た。

「おまえはどうやら、生まれつき陰の気が強いようだ。外道になりやすい体質だから気をつけろ」

黒い服の男がとりなすように言った。

「陰の気が強いというのも、悪いことばかりじゃない。芸能人で成功する人はたいていどちらかというと陰の気が強い。水商売で人気があるのも、陰の気が強い人たちだ。有名な政治家もそうだ」

亜由美はうなずいた。

黒い服の男もうなずき返した。何だか癒されるような気がする。

黒い服の男が出ていくと、いまいましげな一瞥を残して白い服の男も出ていった。

亜由美はベッドの上でがっくりと肩の力を抜いた。ひどく疲れていた。

今までのことが夢の中の出来事のように感じられる。だが、たしかに覚えていた。これから、その記憶と戦わなければならない。

黒い服の男と白い服の男。

たしかに黒い服の男のほうが頼りなげに見えた。だが、本当に強いのは黒い服の男のほうだと感じた。

階段を昇ってくる足音が聞こえる。遠慮がちな足音。

半ば開いたドアから母親がおそるおそる部屋を覗き込む。

「だいじょうぶ？」

亜由美は、こたえた。

「平気よ」

「あの人たちは何？　何の話だったの？」

「何でもない」

亜由美は言った。「お母さん。おなか減ったよ。ご飯まだ？」

8

　富野はまた、少女の死体を見下ろしていた。

　池袋の繁華街から少しばかり離れた場所にある建築中のビルの中だ。サンシャイン60が朝の街を見下ろしている。

　東池袋は、駅からサンシャイン60に至る繁華街から一歩入ると、たちまち人通りの少ない住宅街になる。若者たちがたむろする繁華街の裏手には公園があり、人目を避けるアベックたちがやってくる。

　このあたりは道も細く、一方通行が多い。建築中のビルはそうした、人があまり来ない場所にあった。以前は駐車場だったという。

　駐車場ができる前が何であったか、覚えている人はすでに少ない。

　マンションを建てる予定らしい。

　コンクリートの床にコンクリートの壁。ところどころ、まだ鉄骨がむき出しになっている。建築資材やコンクリートの袋が積まれ、床は埃だらけだ。

死体は、出入り口から死角となる壁際に横たわっている。衣服をすべてはぎ取られている。その衣類は、周囲に散らばっていた。

扼殺だ。手で首を絞められたのだ。

陵辱された跡がある。暴力を振るわれた形跡もあった。

死体になっても、少女の肉体はみずみずしく見えて、それがいっそう悲惨だった。光を失った眼が宙を見つめている。

どうして自分がこんなことになったのかを、万人に問うているような表情だ。

鑑識がその場にあるすべてのものをチョークで囲んで、番号をつけ、写真に収めている。

所轄の刑事たちは、機動捜査隊の連中と何か話し合っている。その様子は、いつも通り実に事務的だ。

きりっと小さな音がした。

隣に立っている捜査一課の田端課長が歯ぎしりをしたのだ。田端課長は今回も捜査本部の主任をつとめていた。

「また同じ手口だな……」

ベテラン刑事の矢崎がこたえた。

「ええ。安原猛の手口とも共通してます」

田端課長は、溜め息をついてから青いビニールシートを死体に被せた。

渋谷の現場から、犯人のものと思われる毛髪が見つかり、それからおおよその年齢が割り出されていた。十五歳から二十歳の間。

またしても少年の犯行だということがわかった。被害者の体内から検出された体液から、犯人の血液型はA型らしいということもわかった。安原猛はO型。そして、安原が殺害したと思われる被害者たちから検出された体液はO型のものだった。

つまり、安原の冤罪という説は物理的に否定され、誰かが安原とほとんど同じ手口で二件の殺人を行ったということになる。

「真似をしているのか……？」

田端課長が、富野の横に立っている本宮奈緒美を見て言った。

奈緒美は、かすかにうなずいた。

「その可能性はありますね」

「だが、何のために真似をする？　もし、安原がまだ捕まっていないのなら、模倣犯ということも考えられる。だが、安原はすでに捕まっているんだ。犯罪を模倣する意味がない」

「本人には意味があるんです」

「どういうことだ？」

「彼は、安原の犯罪に刺激されたのです。そして、安原にある種の憧れを抱いたのかもしれません」

「憧れだって？」

「おそらく、同じような性癖を持っていたのでしょう。自分の妄想を具現化してくれる存在を知った。犯人は、安原が捕まったので、自分がその跡を継がなければならないと考えているのかもしれません」

「跡を継ぐだって？」

「そういう少年が増えているのかもしれません。今の若者は、一種の精神的な飢餓状態です。欲求が満たされることを、切実に求めているのです」

田端課長は顔をしかめた。

「欲求不満というのなら、俺たちだってそうだったさ」

「時代が違います。昔は、規範というものがあった。心の暴走をくい止める社会的なブレーキが存在していたのです」

「規範だって？」

「恐れと言ってもいいです。怖い父親、厳しい先生、近所の頑固オヤジ、ガキ大将……。そういうものに囲まれて育った世代は幸せです。自分の欲求と社会の規範の折り合いがつけられる」

「要するに、甘やかされて育ったということだろう」

「未来に対する期待感もあります。課長が幼い頃はおそらく、みんなある程度貧乏だったはずです。でも、未来は明るかった。高度経済成長が始まり、誰もが希望を持っていた。今は違います。大人たちは希望を持てず誰もが疲れ果てている。子供たちはそんな親を見て育つのです。だから、現代の少年少女たちは刹那的になっていく。目先の欲求が何より大切な気がしてしまうのです」

ベテラン刑事の矢崎は、鼻白んだ顔つきで地面を見つめていた。田端課長も顔をしかめている。

現場で学者の講義などを聞きたがる刑事はいない。

「まあいい」

田端課長が言った。「ご高説は捜査本部で聞くことにしよう」

課長は、富野に眼を転じた。

「あんた、どう思う？」

富野は周囲を見回して言った。

「前回が渋谷の街中。今回も、一歩行けば池袋の繁華街です。どちらも若者が集まる街です」

「何が言いたい？」

「木を隠すなら、森の中です。この街なら、誰が誰をナンパしても、誰も気にしない。しかも、渋谷や池袋にやってくる若者は流動的です。これらの街に住んでいるわけではありません。大半は、渋谷や池袋で働いているわけでもない。みんなどこかからやってきて、どこかへ消えていくのです」

「つまり、犯行は行きずりで、地取り捜査がやりにくい。そういうわけだな」

「安原のときもそうでした。目撃情報は得られたものの、結局は行きずりの犯行ということで、なかなか手がかりが得られなかった……。少年の性犯罪や強行犯が検挙に結びつきにくいのは、たいていが行きずりであり、現場に鑑がないからです」

「くそっ。もうたくさんだ」

矢崎が吐き捨てるように言った。「一人捕まえたと思ったら、また同じようなのが現れた。ひょっとしたら、こいつを捕まえても、また真似するやつが出てくるかもしれない。これじゃきりがない」

田端課長は矢崎に言った。

「ザキやん。落ち着けよ。とにかく容疑者を捕まえることだ」

「俺にも娘がいるんだ。被害者を見ているとたまらなくなる」

安原の事件のときからベテランの矢崎が妙に苛立っている理由はそれだったのか。

富野はそう思った。

矢崎の怒りや苛立ちもわかる。富野も腹を立てているのだ。

奈緒美によれば、犯人は自分の欲求を満たすためだけに、少女を陵辱し殺害していることになる。

そして、今回の犯人が安原のやり方を真似ているというのは、ある程度納得できた。猟奇的な事件が報道されると、必ず類似犯が増える。特に、少年犯罪の場合、それが顕著だ。あまり表沙汰になっていないが、猟奇的な殺人事件などが報道されると、性犯罪が増える傾向があるのだ。

捜査員たちは、付近の聞き込みに回っている。予備班扱いの富野と奈緒美は、田端課長らと捜査本部に引き上げることになった。

今回の捜査本部は、最初の事件の所轄である渋谷署に置かれていた。本庁から参加している顔ぶれはほとんど前回の安原事件と同じだった。

また一人、少女が犠牲になった。

犯行時間は、深夜から未明にかけて。犯人は、獲物を求めて歩き回っている。

何とか、次の犯行を防ぐ手だてはないものか。何とか……。

そのとき、富野は鬼龍光一のことを思い出した。捜査本部へ向かう車に乗り込むとき、あたりを見回した。

鬼龍光一の姿はない。だが、どこか近くにいるはずだ。

富野は思った。

あいつはきっと来ている。そして、もしかしたら、あの白い男、安倍孝景も……。

「何を考えているの?」

後部座席で隣に座った奈緒美が尋ねた。

「なぜそんなことを訊く?」

「さっきから黙りがちだから……」

「いろいろと考えることがある」

「例えば……？」

「どうやったら、次の犯罪を防げるかとかな……」

「こういう犯罪には周期があるはずなの」

「周期？」

「そう。淫楽型や権力・支配型の連続殺人には必ず周期がある。これらのパターンの犯人は、被害者を陵辱して殺すことで、充足を得る。でも、やがて、その記憶が薄れることによって、また同じことをしたくなる。その欲求が飽和点に達すると、また犯罪を繰り返すことになるわけ。コップに水が満たされるところを想像するといいわ。欲求が、コップに一杯になってあふれ出すと、もうじっとしていられないのよ」

「たしかに、安原のときにも、ある程度の周期は見られた。十日から二週間の周期があった。今回は、前の渋谷の事件から一週間目だ」

「連続殺人の周期は、たいていはもっと長いはずよ。三ヶ月とか半年おきに殺人を繰り返すことが多い。安原と、今回の事件は、周期が短いのが特徴の一つね」

「それだけ、短期間に少女たちが被害にあっているということだ」

「現代的な特徴なのかもしれない。さっきあなたが言った要素は大きいわ」

「俺が何を言った？」

「都市よ。若者たちは、都市にいると、保護色をまとうように自分の姿が溶け込んでしまうように感じる。彼らがみんなと同じ恰好をしたがるのはそのせい。ただ流行を追いたいだけじゃない。都市と一体化しなければならないからよ」

「だから、何だ？」

「都市はカムフラージュになる。犯罪を包み隠し、犯人を包み隠す。安原の事件や今度の事件の周期が短いのも、都市の要因が大きいわ」

「安原の三番目の犠牲者は、都下の山林の中で見つかった」

「でも、きっとどこか繁華街で犠牲者と接触したはずよ」

おもしろくなかった。

奈緒美の話を聞いていると苛々する。彼女は、起きたことの分析しかしない。立場上、当然のことなのかもしれないが、富野にとっては、それは何の意味もなかった。

そして、なぜだか、的を射ているような気がしない。

専門家の意見などそんなものかもしれない。だが、専門用語や知識に騙されているような気がしてくる。

富野は、奈緒美の説明よりも、鬼龍光一や安倍孝景の説明のほうに興味を覚えるのだった。

ふと、あいつらなら、次の犯罪を防げるかもしれないと思った。事実、安原を逮捕するにあたり、鬼龍光一は一役買っている。

彼らも、警察同様に犯人を追っているようだ。だが、警察に比べれば個人の情報量など知れている。

もし、警察と彼らが手を組めば……。

そこまで考えて、富野は、かぶりを振った。

警察が、陰陽師だか何だかの手を借りるなど……。

FBIでは、超能力者に捜査協力を要請することがあるという話を聞いたことがある。テレビで見たのだと思う。

だが、日本の警察は、FBIなどに比べればずっと保守的だ。お祓い師に協力を仰ごうなどと言ったら、捜査本部の連中に大笑いされる。

ただでさえ、少年課の係員などよそ者なのだ。総すかんを食う恐れさえある。

富野は、鬼龍と安倍孝景のことを頭から追い出すことにした。刑事たちは、皆現実主義者だ。富野も現実的に物事を考えなければならない。

捜査本部に戻ると、富野は、ありとあらゆる資料を見直した。被害者に何らかの共通点はないか。遺留品の中に何か見落としている手がかりはないか。そして、安原の交友関係の中に何か手がかりはないか……。

被害者は、いずれも十代の女性というだけで、他にこれといった共通点はない。ある者は無職、ある者は専門学校の生徒、ある者は高校生……。

彼女らは、出身校も住んでいる場所もばらばらだ。安原と同じ学校の出身者もいない。

遺留品は、刑事たちや鑑識が何度も検討している。今さら、富野が見直したところで、新たな手がかりなど見つからない。

　行きずりの犯行はやっかいだ。迷宮入りする多くの事件が行きずりの犯行なのだ。

「あの黒ずくめの男を捕まえるべきよ」

　考え込んでいると、奈緒美の声がした。富野は驚いて振り返った。いつの間に近づいてきたのだろう。足音もしなかったし、気配もなかった。

　富野は勘がいいほうだ。後ろから人が近づくのに気づかぬはずはない。考え事をしていたせいだ。富野はそう思うことにした。

「なぜだ？」

「前にも言ったでしょう。彼は必ず犯行現場に現れている。事件に関係している可能性は大いにあるわ」

「彼らも犯人を探している」

「本人がそう言っているだけでしょう？」

「そうだ」

「それを信じるの？」

「信じて悪い理由はない」

「あきれた。それでよく刑事がつとまるわね」

「正確に言うと刑事じゃない」

「そんなことはどうでもいいわよ。捜査本部の刑事たちにあの男のことを教えて、逮捕させるべきよ」

「何度か現場で見かけたというだけじゃ逮捕状は取れない。それに、彼は逃亡の恐れもない。自宅を俺に教えた。訪ねたとき、彼はちゃんとそこにいた」

「訪ねたの？」

「ああ。君が考えるより、ちゃんと仕事はしている」

「ごめんなさい。そういう意味で言っているわけじゃないの。あたしは、あの男がどうしても気になるのよ」

「事件に関わりがあるというのは、間違いじゃない」

「どういうこと？」

「彼らは彼らなりに、事件を解決しようとしている」

「どうやって？」

「事件を起こしているのは、亡者なのだそうだ」

「亡者？」

「そう。なんでも、マイナスの感情が高じて陰の気とやらができて、そのせいで人は亡者になるというんだ。亡者を祓うのが彼らの仕事だそうだ」

奈緒美は笑い出した。

富野は、仏頂面をしていた。

「そんな話を信じてるの？」

「実をいうと、俺はこういう話が嫌いじゃない」

「あなたの趣味は関係ない。事件の話をしているのよ。お祓いで犯人が捕まるもんですか」

「だが、鬼龍光一は、安原を捕まえた」

「捕まえたのはあなたでしょう」

富野はかぶりを振った。

「あんたもあの場にいたんだからわかっているだろう。俺はただ、うずくまって泣いている安原に手錠を掛けただけだ。鬼龍光一が何かをしたんだ」

「何か……？」

「つまり、祓ったんだ」

「ばかばかしい」

「逮捕された後の安原の態度は妙だ。犯行を否認するわけではないが、まるで夢の中の出来事のようだと言っている」

「言い逃れよ」

富野はかぶりを振った。

「そうは思えないんだ」

「心神喪失状態だったというの？　そんなんで刑が軽くなりでもしたら、死んだ被害者たちは浮かばれないわ」

「精神鑑定は必要だろう。あんた、専門家なんだからそれくらいのことはわかるはずだ」

「そう。わかるわ。安原には精神鑑定なんて必要ない。新しいタイプの連続犯罪よ。厳しく罰する必要がある」

「ずいぶんと非行少年や非行少女たちと面接をしたんだろうな」

「したわよ」

「そういう場合、非行少年たちの理解者になるものだと思っていた」

「少年課のくせに、認識が甘いわね。現代の非行少年たちの多くは、社会病理的に見て異常者よ。あたしたちの理解を超えている。なのに司法当局は、旧態依然とした対処しかしない。少年法なんて、今の時代にはナンセンスよ。都市が凶悪な犯罪者を育み、少年法がそれを守る。ばかな話ね」

「同意できる面もあるな」

「逮捕したのはあなたよ」

「何だって？」

「安原のことよ。あの黒い服の男が何かをしたなんて、あなたの思い込みよ」

「そう言われると、自信がなくなってくるな……」

「あの黒い服の男は何かを知っているはずよ。捕まえて締め上げてみれば？」

「どうして、あの男をそんなに気にするんだ？」

「あたしはアドバイスをしているだけ」

富野は、うなずいた。

「忠告はうけたまわっておくよ」

上がりの時間が午後八時と決められており、捜査員たちが戻ってきた。じきに夜の捜査会議が始まる。

奈緒美との話はそこで打ち切りになった。


木島良次は、朝からテレビにかじりついていた。朝のニュースから始まり、昼のワイドショーまで、リモコンを片手にチャンネルを変えながら見ていた。

少女が惨殺されたニュースが流れると、それをビデオに収めた。現場の建築中のマンションに、空色のビニールシートが張られている。

夜とは景色が違って見える。

だが、たしかに見覚えがある風景だ。木島良次は昨夜の興奮を思い出していた。池袋に行ったのは、最近は渋谷よりナンパがしやすいという噂を聞いていたからだ。

女は簡単に引っかかった。

もともと女にはもてるほうだ。だが、このところ、女のほうから寄ってくるような気さえする。

木島良次は、例のねっとりした甘い空気のせいではないかと思っていた。

木島良次があのねっとりとした空気をまとわりつかせて街を歩けば、必ずそれに引き込まれる女が現れる。あとは簡単な話だ。あの空気の中では、女は簡単に欲情するのだ。

昨夜は、やはり夢を見ているような気分で池袋をうろついていた。深夜でも一人で歩いている女はいる。

一人の女が網にかかった。少し酔っているようだ。合コンをやっていたのだが、つまらないので先に抜けてきたと言っていた。

一杯おごると言うとついてきた。店に入りカクテルを飲んでいるうちに、女が欲情してくるのを肌で感じた。ねっとりとした甘い空気に包まれている。

外に連れだし、建設中のビルに連れ込んだ。女はこんな場所は嫌だと言いはじめた。その瞬間から、もう良次のペースだった。

無理やりねじ伏せると、女はひどく抵抗した。渋谷で一度経験があるので、さらに手際がよくなっていた。声を出されると面倒なので、ハンカチを口に詰め込んだ。顔を殴り、さらに腹を殴った。暴力を振るうたびに、どす黒い快感が下腹から這い上がってくる。

良次は、女をいたぶりそして犯した。女は泣いて抵抗する。そして、最後には首を絞めて殺したのだ。

女がぐったりした瞬間に射精した。現実とは思えない快感を得た。渋谷のときよりも喜びが大きい。

夢の中にいるようだが、これが現実だと知っているからだ。

行為が終わってから、良次は注意深くあたりを点検した。何か落としていないか冷静に周囲を見回った。

満足すると良次は、そっと建設中のマンションを出た。あたりには誰もいなかった。

それから、良次は、まだ若者たちが行き交う通りに出て、人の流れに溶け込んだのだ。

テレビでニュースが流れるたびに力がわき上がるのを感じた。自分は何でもできるという気がした。

誰も俺の邪魔はできない。

誰も俺からこの楽しみを取り上げることはできないんだ……。

多くの捜査員が渋谷署に泊まり込んでいた。柔道場に蒲団が敷かれ、そこに寝泊まりするのだ。富野もその中におり、汗の臭いの中で目覚めた。

9

富野は、朝の捜査会議が終わると渋谷署を抜け出し、高円寺に向かった。どうしても、もう一度鬼龍光一を訪ねたかった。

安アパートの部屋をノックすると、前回と同様、眠そうな鬼龍が顔を出した。

「ああ……、刑事さん……」

「寝ていたのか？」

「ええ。昨夜も遅かったもんで……。亡者は夜に活動することが多いんで……」

「また一人やられた」

「知ってます」

「現場に行ったか？」

「行きました」

「やはりな……」

鬼龍はそこで気づいたように言った。

「ああ、むさくるしい所ですけど、入ってください」

「そうでしたね」

「むさくるしいのは知っている」

鬼龍は蒲団をそそくさと片づけると、ガス台に水を満たしたやかんを掛けた。

「茶はいいぞ」

「俺が飲みたいんです」

富野は部屋に入り、突っ立っていた。

「あ、適当に座ってください。今テーブルを出します」

富野は、鬼龍が折り畳み式の小さなテーブルを出すと、その側に腰を下ろしてあぐらをかいた。鬼龍は神棚の水を換え、柏手を打った。それから小さな台所に行き、茶を入れた。

富野はその様子を黙って眺めていなければならなかった。

やがて、鬼龍は湯飲みを二つ持ってテーブルのところにやってきた。富野は、断る理由もないので、出された茶をすすった。

それから、俺は何をやってるんだと思った。茶をすって世間話をするために来たわけではない。

「被害者が出る前に祓う。そう言わなかったか？」

「努力はしています」

「口だけだ。また被害者が出たんだ」

「その言葉はそっくりそのままお返ししますよ」

鬼龍の口調はのんびりしている。だが、言葉の内容は辛辣だ。

「捜査はなかなか進まない」

「それで、俺のところに来たんですか？」

富野は、一瞬言葉を失った。しばらく考えてから言った。

「よくわからないんだ。だが、あんたのところに来なければならないような気がした」

鬼龍は、かすかにほほえんだ。

「刑事さん、素直な人ですね」

富野は、仏頂面になって言った。

「何か手がかりはないのか？」

「殺人事件に関してなら、ありません」

「意味ありげな言い方だな」

「先日、俺と安倍孝景は、二人の亡者を祓いました」

「どこでだ？」

「都内の高校です。体育の教師と保健師が急に辞職しました。生徒の間では、ある女生徒を二人で共謀して強姦したのだという噂が流れていました」

「体育教師と保健師が共謀して……？」

「妙な話でしょう？　こういう場合、たいてい亡者が絡んでいます。行ってみたら、すごい陰の気を感じました。ちょっとした大物がいましたよ」

「安倍孝景もそれを察知したのか？」

「あいつがどうやって嗅ぎつけたかは知りません。でも、俺とだいたい似たり寄ったりだと思います。あいつのほうが一足早かったですけどね」

「二人の亡者を祓ったって？」

「正確に言うと、一人は孝景が祓いました。男の亡者です。その男を虜にして亡者に仕立てた女の亡者を、二人で祓いました」

「それが事件と何か関係があるのか？」

「どこかに親玉がいますよ」

「親玉？」

「強力な亡者です」

「それが、殺人事件を起こしているのだと……？」

　富野が尋ねると、鬼龍光一はかぶりを振った。

「物事はそう単純ではありません。事件を起こしているやつも、その親玉に亡者にされたやつかもしれないと、俺は思っているのです」

富野は、冷静に鬼龍の言うことを頭の中で検討した。

「どうしてそう思う？」

「捕まった犯人は少年でした。今度の犯人も少年なんでしょう？」

「待てよ。今回の犯人が少年らしいなんてことは報道されていないはずだ」

鬼龍光一はにっこりと笑った。

「やっぱりね……」

しまった。カマを掛けられたのか……。

「犯人たちが少年だから、なんだというんだ」

「俺たちが祓った亡者は、二人とも高校生でした。少年少女という共通点がある。すべて、同じ親玉に亡者にされたのかもしれない」

「根拠が薄いな」

鬼龍光一は肩をすくめた。

「同じような臭いがするんですよ」

「同じような臭い……？」

「陰の気にもいろいろと個性がありましてね。殺人の現場に残留していた陰の気、そして、学校で祓った二人の亡者が発していた陰の気。それが、同じもののような気がする」

富野はかぶりを振った。

「そんなことは根拠にはならない」

「警察の人にはそうでしょうね。でも、俺たちには、それで充分根拠になる」

「あんたたちは、その親玉を見つけようとしているのか？」

「そうですよ。元を絶たなければ、同じことが次々と起きる」

　富野はうなった。

「俺は、二人の少女を惨殺した犯人を挙げたいんだ」

「そいつも見つければ祓います。安原のときみたいにね」

「さっさと見つけろ」

「むちゃ言わないでください」

「鬼道衆だか何だか知らないが、一種の霊能力者みたいなもんじゃないのか？　ならば、透視能力とか何かを使って見つけられないのか？」

「そう簡単にはいきませんよ。あなたにだってわからないんでしょう？」

「行きずりの事件は、捜査が難航するもんなんだ……」

「残留する陰の気を探り、同じ臭いのする陰の気を探して歩く。それしか手がないんです。亡者だって、一日中陰の気を発しているわけじゃない。亡者としての力を発揮するときにだけ、濃厚に陰の気を発するんです」

「それじゃ行き当たりばったりじゃないか」

「まあ、そうですね」

　富野は苛立ってきた。ここに来れば、何かがわかるかもしれない。そう思っていた。

間違いだったかもしれない。

「その親玉だが……」

富野は言った。「そんなに大物なら、強力な陰の気とやらを発しているんじゃないのか？」

「力を発揮するときにはね」

「ならば、すぐに見つけられそうなもんだ」

鬼龍光一はかぶりを振った。

「逆ですよ」

「逆？」

「大物ほど気配を隠すんです。力をコントロールできるんです。亡者になりたてのやつとか小物は、陰の気を垂れ流しにする」

「一人で街をうろつき、陰の気に出っくわすまで、あんたは何もできないというわけか？」

「鬼道衆には、独特の情報網があります。無闇にうろついているわけじゃありませんが……」

そこまで言って、鬼龍は残念そうに首を振った。「まあ、おおむねあなたの言うとおりかもしれませんね。最近、後手に回ることが多い」

富野は考えた。

そして、迷った末に言った。

「もし、捜査情報が手に入ったら、犯人を見つけるのに役立つか？」

鬼龍光一は、しげしげと富野をみた。

俺は何を言ってるんだ。

富野は、うろたえた。捜査情報を一般人に洩らすなど……。

鬼龍光一が言った。

「そう。警察が協力してくれれば助かりますね」

「捜査本部があんたに協力するわけじゃない」

「じゃあ、あなたがこっそりと俺に教えてくれるというわけだ」

富野は激しく首を横に振った。

「いや、今の話は忘れてくれ」

「刑事さん。なかなかいいアイディアだと思いますよ。あなたは犯人を捕まえたい。俺たちは、亡者を祓いたい。利害が一致している」

「捜査情報を洩らすことなどできない。そんなことがばれたら、俺は警察をクビになる」

「俺が黙っていれば、誰にもわかりませんよ」

「俺のモラルの問題だ」

「犯人を捕まえたいんでしょう」

「もちろん、捕まえたい。だが……」

どうして俺はこんなことを言いだしてしまったのだ。

富野は悔やんだ。

「そして、もう被害者を出したくないんでしょう？」

「出したくない」

「なら、手を組みましょう」

「俺がどうかしていた。忘れてくれ」

「安原のときはうまくいったじゃないですか。あなたは手柄を立てることができた」

富野は話題を変えたかった。

「鬼道衆のことを詳しく教えてくれ」

「鬼道衆のこと？　どうしてそんなことが知りたいのです」

「別に理由はない。話を聞いてみたいだけだ」

「ただそれだけですか？」

「ああ。秘密の集団なのか？」

「別に秘密じゃありませんよ。あまり知られていないだけです」

「陰陽道のようなものだと言ったな？」

「そう思われていますね。そのおかげでマイナーな存在なんですよ」

「どういうことだ？」

「鬼道は、おそらく日本で最も古くから行われていた宗教です。今の世の中、宗教は形骸化していますがね、かつては実際の力がなければ宗教とは考えられなかった」

鬼龍は淡々としゃべり続けている。富野は、うまく話の流れを変えられたので、ほっとしていた。

「実際の力？」

「そう。何かを成す力。今の言葉で言えば、霊能力とか超能力ということになりますね。最も民衆に受け容れられやすいのは、治癒能力です。釈迦もキリストもムハンマド（マホメット）も、重病人を治療して、それを民衆に見せている」

「加持祈禱なんかもそうか？」

「そうです。加持祈禱は、実際にかなりの効果があったのです」

「今では、信じる人はあまりいないがな……」

「信じる人には効くんです。現代人は、多くの情報にさらされて、物事を純粋に信じることがなくなってしまった」

「鬼道衆は亡者を祓うだけなのか？」

「昔は治療も行ったようですね。陰と陽のバランスを整えるのが鬼道衆の役割です。東洋医学では、体内の陰陽のバランスが崩れると病気になると考えます。それを整えれば、自然に治癒することが多い」

「卑弥呼の宗教だと言ったな？」

「そう言われています」

「それほど古い宗教ならば、もっと知られていてもよさそうなものだ」

「弾圧され、歴史上からほとんど抹殺（まっさつ）されましたからね」

「弾圧？」

「鬼道は、卑弥呼だけでなく、紀元前後の日本で広く行われていました。火の信仰です。さらに厳密に言えば、火山に対する信仰なのです」

「火山？」

「最も力強い火。大いなる恐怖をもたらすもの。同時に、火山は大きな恩恵をもたらしました」

「何だ？」

「金属です。火を祀（まつ）る信仰は、多くは金属の製錬（せいれん）と深く結びついています。それはゾロアスター教や、インドの古代密教にも見られる特徴ですね」

「それがなぜ弾圧されたんだ？」

「大陸から、日つまり太陽を祀る人々が流れ込んできて、火や火山を信奉する人々を征服しようとしたのです。火や火山を祀る人々は、必死で抵抗し、やがて、まつろわぬ神などと呼ばれます。神武東征（じんむとうせい）に抵抗したトミノナガスネ彦などがその代表ですね」

「その名前は、親しみを感じるな」

「富野さんですものね」

「太陽信仰の人々に追われた、火山信仰の人々はどうしたんだ？」

「しっかりと生き延びましたよ。出雲がその中心地となります。出雲は、大和朝廷にとって、いつの時代でも大きな対抗勢力だった。大和や紀伊半島には出雲人のコロニーがありました。トミノナガスネ彦も出雲系です」

「出雲人か……」

「山岳信仰を開き、修験道の祖となった役小角も出雲系です。彼はカモ一族の出です。そして、時代は下り、朝廷に陰陽寮ができると、それを統括するのは、代々カモ一族の役割となります。つまり、朝廷は、出雲人を弾圧しましたが、その能力を無視できず、役所の中で利用していたことになりますね。鬼道衆が世に知られていないのは、この陰陽寮のせいです。出雲人に伝承された鬼道は、陰陽道と同一視されることになったのです」

「奥州勢もそうなのか？」

「奥州安倍氏を開いたのは、トミノナガスネ彦の兄のアビ彦だと言われています。同じ出雲系ですよ」

「アビ彦が安倍になったわけか」

「あいつら、長い間冷や飯を食わされたせいか、やたらに上昇志向が強いんですよ。特に、あの孝景はね……」

「わからないでもないな」

「あなた、やっぱり変わっている」

「こういう話をするとですね、たいていの人は胡散くさげな顔をするか、退屈そうな顔をするんです」

「そうでない人もいるさ」

「面白がるけど、本気にしない人もいます」

「そりゃそうだろうな。現実離れしているからな」

「俺もこんな家柄に生まれなければ、やっぱり信じなかったでしょうね」

「あんたこそ、変わっている」

「そうですかね」

「世襲なのか？」

「世襲じゃありません。修行させられるんです。鬼道衆の中で能力の高い子供が生まれたら、徹底的に仕込まれるんですよ」

「あんたもまだ修行の身というわけか？」

「そういうことです」

「助けを仰げないのか？」

「本家にですか？　殺されますよ」

「穏やかじゃないな」

「それくらいに厳しいんです」

「なぜだ？」

鬼龍光一は、部屋の中を見回して溜め息をついた。「俺、早く修行を終えてここを出て、東京湾の夜景を見下ろす高級マンションに住むのが夢なんです」

「妙に現実的な夢だな」

「人間、地道に生きないとね……」

「その夢は実現できそうなのか？」

「実現してみせますよ。必ずね」

富野は時計を見た。そろそろ捜査本部に戻ったほうがいい。

「邪魔したな。つまらんことを言った。こんなつもりじゃなかったんだが……」

「いや」

鬼龍光一は言った。「あなたはそのつもりでここに来たはずです」

彼の印象がにわかに変わった。自信に満ち、かすかにほほえんでいる。

「何だって……？」

「手を組みましょう。それがお互いのためだ」

富野は目を伏せて立ち上がった。それから無言で出口に向かった。

戸口で立ち止まり、振り返ると言った。

「考えさせてくれ」

鬼龍はかすかにうなずいただけだった。

部屋を出ると、鬼龍の言葉が妙に気になった。

「あなたはそのつもりでここに来たはずです」

彼はそう言った。

まるで、俺がまた訪ねてくるのを予想していたような言い方だ。

そして、富野は自信がなくなった。本当は鬼龍光一の言うように、協力を要請するためにやってきたような気がしてきた。

「クビを懸(か)けることになるぞ」

富野は自分自身に言った。「それでもいいのか?」

捜査本部の中は、がらんとしていた。捜査員たちが外に出かけているのだ。彼らは、靴をすり減らし、情報を集めている。

俺はこんなところでぼんやりしていていいのかと思ってしまう。奈緒美は平気なようだ。もともと立場が違うのだから仕方がない。

この新しい犯罪のパターンを実際に目で見てデータを集め、論文をものにする。それが彼女の目的なのだろう。その論文がどの程度彼女の出世に役立つのかはわからない。だが、彼女にとっては必要なもののようだ。少なくとも、奈緒美は熱心だ。もともと野心家なのかもしれない。

鬼龍光一との会話の内容を彼女だけには知られたくない。なぜか、富野はそう感じた。奈緒美は、鬼龍光一を毛嫌いしているようにさえ感じられる。

学者だから、超現実的な存在が嫌いなのかもしれない。あるいは、あの黒ずくめの見かけが嫌いなのか……。

「今回の事件のような犯罪には周期があると言ったな」

「ええ。安原のときといい、今回といい、その周期がこれまでに知られている淫楽型や権力・支配型の連続殺人より短いのが特徴ね。犯人が少年だからかもしれない。欲求の溜まり方が早いのね」

「……ということは、また一週間後くらいに同じ犯罪が起きる恐れがあるということだ」

「可能性は大きいわ」

「それまでに何とかしたいな。でないと、また犠牲者が出る」

「そういうことね」

彼女は唇を噛んだ。

少なくとも、お客さん気分ではないらしい。彼女も捜査本部の一員であるという自覚があるのだ。

「教えてくれ。犯人はどういうやつだと思う?」

奈緒美は、驚いた顔で富野を見た。

「そんな質問に、あたしがこたえられると思う?」

「犯罪心理学が専門なんだろう? プロファイリングとかできるんじゃないかと思ってな」

「データが少なすぎる。これまでのパターンに当てはまる犯罪なら、プロファイリングはある程度可能よ。でも、これはまったく新しい連続犯罪のパターンなの」

「安原を見て、何か思いつかないのか」

「思いつきでプロファイリングはできないわ」

「なあ、俺たちはこの捜査本部でそれぞれ専門的な知識を期待されているはずだ」

奈緒美は考え込んだ。

「そうね。あなたの言うとおりだわ。このあたりであたしも何か役に立たないとね……」

「そういうことだ」

「安原の犯罪は、淫楽型と権力・支配型の両方の傾向を持っていた」

奈緒美は、考えながら話しはじめた。

「女に暴行を加えることで、自分が支配者になったように感じ、同時に官能的な満足を得る。その喜びは相手を殺すときにピークに達する……」

「以前に面接したときに、そのような傾向は見て取れなかったのか？」

「あたしが見逃していたのかもしれない」

「非行少年グループのリーダー的な存在だったと言ったな？」

「そう。暴力傾向が強かった」

「俺の経験で言うと、安原のようなタイプは、女には手を出さない」

「少年には何でも起こりうるわ。足立区の女子高生コンクリート詰め殺人事件を忘れたの？」

「何人かが集まれば、ああいうことも起こる。それは俺だってよく知っている。少年の性犯罪はたいていは複数によるものだ。だが、安原は単独犯だった。おそらく今回もそうだ。そこんとこに、俺は引っかかっているんだ」

「あたしが面接したときの安原は、まだ自分の本当の欲求に気づいていなかったのかもしれない。暴力とセックスは心理的にごく近い関係にある。本当は、暴力だけでなくセックスにも異常な欲求があったのに、それに気づかなかった。あるいは、それを抑え込んでいた……。それが、何かのきっかけで解放されたのかもしれない」

「何かのきっかけ？ それは何だ？」

「わからない。もしかしたら、本人も気づいていないかもしれない」

奈緒美の眼は、驚くほどよく光る。黒目がちで潤んでおり、引き込まれそうな気分になってくる。唇は赤く輝き、たしかに魅力的だ。白い肌は青光りしているようにすら感じられる。

いかん。俺は何を考えているんだ。

奈緒美はたしかに、男を引きつける魅力がある。捜査員たちは、彼女の前に出ると落ち着きをなくす。

奈緒美とは反りが合わない。今でもそう感じている。だが、こうして身を寄せるようにして話をしていると、妙な気分になってくる。

富野は咳払いをした。

「あんたの話を聞いていると、どんな少年も同様の事件を起こしそうに聞こえるな」

「その可能性はゼロではないわ。現代の若者は、規範を教えられずに育った。見方を変えれば、みんな被害者意識を持っている。こんな世の中で生活しなければならないことに、怨みを抱いているの。自分が満たされないのは、誰か他人のせいだと感じているのよ」

「少年たちに同情したくなることもあるがな……」

「厳しさを知らない。だから、恐れを知らない。自分は被害者だから、何をしても許されると思っている」

「それが今回のような犯罪に結びつくというのか？」

「一つの要素ではあるわ」

どうもぴんとこなかった。

やはり、学者の論理で煙に巻かれているような気がする。

富野は、もっと明快なこたえを期待していた。

どんなこたえだというのだ？

彼は自問した。

そして、あることに思い当たった。

安原は誰かに亡者にされた。

それが、富野の求めていたこたえのような気がした。

富野は、ひとりかぶりを振った。俺はどうかしている。亡者などと……。

しかし、考えれば考えるほど、奈緒美の説明より、鬼龍光一の説明のほうが現実の出来事をうまく説明しているように思えてくる。

あと、一週間か……。

富野は思った。奈緒美の説によれば、次の犠牲者が出るまでのタイムリミットは一週間だ。それは受け容れざるを得ない。

一週間で捜査が進展しなければ、また一人少女が暴行され殺されることになる。

富野は、あせりを感じ、そして、選択を迫られているような気がしていた。

10

二件目の事件から三日が経った。

捜査の進展ははかばかしくない。鑑識から詳しい報告が届いていたが、犯人を特定できるような手がかりは得られなかった。前回同様、体液と毛髪以外はほとんど何も残っていない。

犯人が着ていた衣類のものらしい繊維が検出されていたが、最近若者に人気の量販店で売られているもので、手がかりにはならない。

捜査員たちの苛立ちが募る。特に苛立っているのは、田端課長だった。声を張り上げることが多くなっている。

決していい雰囲気とは言えない。手詰まりで、捜査員たちの士気が下がっている。

「犯人は、大柄で力の強い少年です」

捜査会議の席上で、突然、奈緒美がそう発言して注目を集めた。

「柔道かレスリングの経験があるかもしれません」

田端課長が尋ねた。

「なぜそんなことがわかる？」

「被害者の少女は、いずれもそれほど体が小さいほうではありません。それを押さえつけ、行為に至っています。犯人が一人と考えると、これは簡単なことではありません。女性が必死に抵抗すれば、そう簡単に目的は達せられません。だから、たいてい少年による性犯罪は複数による犯行なのです」

何人かの捜査員が同意のつぶやきを洩らした。

彼女の、専門家としての自信に満ちた態度に、心を動かされたようだ。捜査員たちは藁にもすがりたい気分なのだ。

「住んでいるところは、都心に近い場所。おそらく渋谷からそれほど遠くはありません。そして、一人暮らしの可能性が強い」

「なぜだ？」

「最初の犯行に渋谷を選んでいるからです。よく知っている街なのです。そして、犯行は深夜。家族に怪しまれずに、自由に出かけられる立場にあるはずです」

「それは、専門家のプロファイリングと受け取っていいのかね？」

田端課長はあくまで慎重な口調で尋ねた。

奈緒美は毅然と胸を張り、はっきりとこたえた。

「はい」

富野は同意しかねた。

最近は、親と同居していても一人暮らしとそれほど変わらない生活をしている若者が少なくない。

しかし、奈緒美の話し方には説得力があった。

「よし」

しばらく考えた後に、田端課長は言った。「過去の犯罪歴、補導歴のリストの中から、今の話に当てはまる人物を洗い出せ。片っ端から当たるんだ」

ほんの少しだが、捜査員たちに活気が戻った。

間違った方向に行っているかもしれない。

富野はそう感じたが、あえて黙っていた。捜査員たちのやる気に水を差すことはない。

富野には、他にやることがある。

覚悟を決めた。

これ以上被害者を増やさない方法はひとつしかない。

富野は、捜査会議が終わると、すぐに出かけた。

これしかない。これしかないんだ。

富野はずっと、自分にそう言い続けていた。

鬼龍光一のアパートに着いたとき、また迷いが生じた。だが、それを打ち消し、ドアをノックした。

鬼龍は、すぐにドアを開けた。

余裕に満ちた笑みを浮かべた。

「待っていましたよ」

まるで、富野が訪ねることを予想していたような言い方だ。

富野はどう説明しようか考えていた。だが、その必要はなかった。

鬼龍は言った。

「さあ、入ってください。話を聞きましょう」

前回と同様に、茶を前にして、富野はこれまでの捜査の進展状況を話した。鬼龍にとって、どれだけ参考になるか疑問だった。何せ、手がかりがないに等しい。

「ここに来るきっかけとなったのは、捜査本部にいる犯罪心理の専門家の意見だ」

「犯罪心理の専門家？」

「大学の研究室から来ている女だ」

「ああ、安原を祓ったときに、あなたといっしょだった人ですね」

「そうだ。彼女は、今回の犯人を、大柄で力が強い少年だと言った。柔道かレスリングの経験があるかもしれないとも言っていた。一人で、女を強姦し殺すのはたいへんなことで、そういう人物でないとできないようなことを言っていた」

「一般的にはそうでしょうね」

「一般的でないとしたら？」

「亡者は、強い陰の気を発して、その中に獲物を取り込みます。相手は、まるで夢でも見ているような気分になり、おそらく抵抗力が弱まるのです。さらに、そういう状態の亡者は人間離れした力を発揮することがある」

「俺にはそういう説明のほうがぴんとくる」

「世の中には二種類の人間がいるんですよ。自分でものを考える人と、人の考えに自分を合わせる人」

「必ずしも、彼女が言うようなやつでなくても、犯行は可能だということだな？」

「そう思います」

「彼女の一言で、捜査は遠回りするかもしれない」

「渋谷のそばに住んでいるというのは、当たっているかもしれません。亡者は最初の事件を起こすとき、たいてい自宅のそばか、職場、あるいは通っている学校といった、慣れ親しんだ場所を選びます」

「過去の犯罪歴は、あまり当てにならないんだな？」

「なりませんね」

「じゃあ、どうやって見つけたらいいんだ？」

「被害者の遺体に触れられるといいんですが……」

「そりゃあ、無理だ。すでに司法解剖を終えて遺族のもとに行っている」

「でなければ、被害者が身につけていたもの……。公判のための証拠として保管してあるでしょう」

「ああ。引き裂かれた衣類なんかがある。だが……」

富野は戸惑った。「あんたにそれを見せてどうなるというんだ？」

「亡者の陰の気が残留しているかもしれない。犬が臭いを覚えてそれを追うのと同じでね。俺たちは、陰の気の特徴を記憶してそれを探します」

富野はしばらく考え込んでいた。部外者に証拠品を見せるのは問題だ。だが、協力しろと言いだしたのは、富野のほうだ。いまさら後には引けない。

「何とかしよう」

「すぐに出かけましょう」

鬼龍は言った。静かな語り口だが、反論を許さない強さがある。

「今から……？」

「急いだほうがいい。亡者はいつ動きはじめるかわからない」

「犯罪心理学者の彼女は、犯行には周期があるはずだと言っていたが……」

「当てになりません。亡者は、獲物がいてチャンスがあれば、いつでも襲いかかります」

「彼女の説を信じたい気分だな」

富野は立ち上がった。

証拠の品は、渋谷署に保管してあった。まだ、検察への移管手続きは終わっていない。

富野は、係員に保管場所を訊いてそこに向かった。殺風景な部屋に段ボールが並んでおり、そこにビニールの袋に入った証拠の品があった。すでに、鑑識による分析が終わっているので、直接手にとってもかまわない。

破り捨てられた被害者の衣類があった。

渋谷の件と池袋の件の二件分。

「袋から出すか？」

鬼龍はうなずいた。

富野が破れた衣類を袋から出すと、鬼龍はそれを手に取った。シャツやスカートに混じって、下着があった。

鬼龍は、ごく短時間それを手に取っただけだった。

「もうけっこうです」

鬼龍は言った。

富野は拍子抜け（ひょうしぬ）けするような気分だった。もっと念入りに調べるものと思っていたのだ。捜査本部の誰かが、ここにやってきて、「何をしている」などと言われるところまで想定していた。

だが、それは杞憂（きゆう）だった。

保管室を出ると、富野は鬼龍に尋ねた。

「わかったのか？」

「ええ。はっきりと、陰の気が残留していました」

「見つけられるか？」

「やってみますよ」

「頼む」

富野は言った。「もう被害者を出したくない」

鬼龍はかすかにほほえんだ。

「あなたは、正直な人だ」

鬼龍は踵を返して廊下の向こうに歩き去った。富野は、情けない思いで立ち尽くしていた。

お祓い師に犯人を見つけてくれと頼んだのだ。鬼龍が言ったとおり、正直過ぎたかもしれない。警察官としては、どんなに強く思っていたとしても口に出してはいけない言葉だったかもしれない。

「くそっ」

つぶやくと、富野は捜査本部に向かった。

捜査本部はフル回転していた。過去のデータが飛び交う。それを手にした捜査員が聞き込みに出かける。そして、帰ってきた捜査員が報告をする。

富野は取り残されたような気がしていた。無力感に苛まれる。鬼龍を頼りにしなければならない自分が嫌になりそうだった。

奈緒美が一人の捜査員と額をつき合わせるようにして打ち合わせをしている。まだ若い捜査員だ。奈緒美が書類を見ている隙に、捜査員は彼女の顔や胸元を盗み見ている。

富野はひそかにかぶりを振った。奈緒美がにわかに捜査本部での立場を固めつつあるように見える。

なぜか面白くなかった。

「トミやん」

田端課長が富野を呼んだ。田端課長は、いつしか、富野をそう呼ぶようになっていた。田端課長の刑事らしい習慣だ。

「手が足りねえんだ。聞き込み、行ってくれるか？」

「はい」

田端課長が、名前と住所が並んでいるコンピュータのプリントアウトを手渡した。過去の犯罪歴や補導歴から拾い出したリストだ。

「渋谷周辺だ。本命がいるかもしれんぞ」

富野はうなずき、出入り口に向かった。部屋を出るとき、ふと視線を感じて振り返ると、奈緒美と眼があった。

連れて行けなどと言われたら面倒だ。富野はすぐに眼をそらして部屋を出た。

リストのトップは三軒茶屋に住むフリーターだった。過去に強姦未遂で補導されている。事件当夜はアリバイがあるという。それをメモして、次の聞き込みに回った。中目黒に住む自称モデル。彼も準強姦で訴えられていた。だが、彼も事件の日は、仕事に出ていたという。ホストをやっているのだ。これもすぐに確認が取れるだろう。

残りは三人。富野は、期待などしていなかった。言われた仕事を淡々とこなすしかない。それが捜査員の仕事だ。

世田谷線の若林駅そばに住む学生、その次は新玉川線の池尻大橋駅近くに住むバンドマン志望。いずれも脈はない。

リストをこなすためだけに歩き回っていた。最後は、松濤に住む学生だ。その家を訪ねて富野はひどく不愉快になった。

渋谷の松濤は、都内でも一、二を争う高級住宅街だ。その中でもその家は目立っていた。たっぷりした敷地に三階建ての家屋。驚いたことに、壁や玄関先がライトアップされている。とんでもない金持ちであることがわかる。

玄関には、太った中年女性が出てきた。髪を赤く染めている。仏頂面で彼女は言った。

「何ですの？」

富野は、警察手帳を出し、身分証のページを開いて見せた。

「息子さんにお話をうかがいたいのですが」

「警察が何の用？　あの件なら示談になったはずよ」

問題の学生は、車に女を連れ込み乱暴しようとした。しかし、補導された後に、被害者が訴えを取り下げた。おそらく金にものをいわせたのだろう。

「別の事件です。池袋で少女が殺された事件はご存じですか？」

太った母親は、露骨に不快そうな顔をした。

「うちの息子が何か関係あるって言うの？　つまらない言いがかりをつけると、あなた飛ばされるわよ」

政治家か何かにコネがあるのだろう。強気の発言だ。

「参考までにお話をうかがいたいだけです」

母親は、鼻から溜め息を吐いた。

「ターちゃん。お客さんよ」

ターちゃんだって？

富野はうんざりした気分になった。

ふてくされた態度で、かわいげのない痩せた少年が現れた。無言で富野を見ている。

母親は、まだその後ろにいた。

「あっち行けよ」

少年が母親に言った。富野が言いたいことを彼が言ってくれた。

「池袋の事件は知ってますか？」

富野はたいした期待もせずに尋ねた。

少年は、不機嫌そうにうなずいた。

「その日、どこで何をしていましたか？」

「何だよ。俺、疑われてんの？」

「質問にこたえてください」

「うちにいたよ」

「確かですね？」

「嘘じゃねえよ」

「それを証明できますか？」

「家族に訊けばいいじゃん」

「ご家族以外では？」

「そんなのいるわけないだろう。うちにいたんだぜ」

それから、彼はふと気づいたように言った。「そういえば、携帯から電話した。中継とか調べれば、うちから電話したこと、わかるんだろう？」

少なくとも、何時にどの地域から電話したかはわかる。おそらく、この少年は嘘はついていないと思った。

「誰に電話しました？」

「友達だよ」

「何という名前ですか？」

「木島だよ。木島良次」

「どんな話をしました？」

「たいしたことじゃねえよ。木島のやつ、最近つきあい悪いからよ……。彼女でもできたんじゃねえの、とか……」

「住所を教えてください」

「覚えてねえよ」

「では、電話番号を……」

少年は、面倒くさげにポケットから携帯電話を取り出した。メモリーを調べている。それから、投げやりな調子で番号を言った。

富野はその番号をメモすると、形式的な礼の言葉を述べて、その豪華な家を後にした。

それから、聞き込みをやった相手のアリバイの確認を取り始める。ほうぼうを歩き回り、四人までのアリバイを確認した。

それから捜査本部に電話をした。

「これから言う人物の住所を調べてほしい。名前は木島良次。携帯の番号が……」

電話を切ると、富野は一服することにした。すでに午後四時を過ぎている。昼飯を食いっぱぐれた。

四人目のバンドマンのアリバイを確認した場所は新玉川線の桜新町だった。さすがに疲れていた。富野は、ラーメン屋に入り、味噌ラーメンを注文した。

食欲はなかったが、一口すると、腹が減っていることがようやく自覚できた。ラーメンをかき込んでいると、携帯電話が鳴った。

捜査本部からだった。木島良次の住所を知らせてきた。富野は、それをメモして、残りのラーメンを平らげた。

木島は、祐天寺のワンルームマンションに住んでいた。駅から十五分ほども歩く商店街のはずれにある小さなマンションだ。

そのマンションを探していると、後ろから声を掛けられた。振り向いて、富野は驚いた。鬼龍が立っていた。

「こんなところで、何をしているんだ？」

鬼龍は、落ち着いた眼差しを向けている。

「それはこっちが訊きたいですね」

「俺は聞き込みだよ」

「じゃあ、このあたりに怪しいやつが住んでいるということですね」

「いや。アリバイの確認なんだが……」

そこまで言って、富野は気づいた。「このあたりに、犯人の陰の気とやらを感じるのか？」

「感じます」

富野は、渋谷区松濤の少年の言葉を思い出していた。

「木島のやつ、最近つきあいが悪いからよ……」

彼はそう言った。

富野の勘が何かを告げていた。

「いっしょに来てくれ」

鬼龍は、無言でうなずいた。

ほどなく木島良次が住むマンションは見つかった。すでに日が暮れかかっている。四階建てのマンションで、細い道に面している。エレベーターはなく、一階に四つしか部屋がない小さな建物だ。

木島良次の部屋は二階の二〇三号室だ。ドアチャイムを押すと、ほどなくドアの向こうから、「はい」という声が聞こえた。

「木島良次さんですね」

富野はドア越しに語りかけた。「警察ですが、ちょっとお話をうかがいたいのですが……」

しばらくして、細くドアが開いた。チェーンがついたままだ。長髪だ。現場に残されていた犯人の髪の毛も長かった。染めてはいない。

富野は、胸が高鳴るのを感じた。だが、つとめてそれを態度に出さぬようにした。あくまでもソフトムードで接する。愛想笑いさえ浮かべていた。

木島は猜疑心に満ちた眼で富野を見ていた。富野は手帳を出し、身分証のページを開いて見せた。

「実は、お友達のことで少々うかがいたいのですが……」

「友達のこと？」

富野は、池袋の殺人事件があった日の日付を言い、その夜、松濤に住む少年から電話があったかどうかを尋ねた。故意に池袋の事件のことは口に出さなかった。

木島は考えていた。

「それ、何曜日だっけ？」

「木曜日の夜です」

「ああ、そういえば、電話あったな……。それがどうかした？」

「いえ。お友達の証言を確かめているだけです」

富野はあくまでも世間話の口調で言った。

「ここには一人でお住まいですか？」

「そうだよ」

「そのお友達の電話は、この部屋で受けたのですか？」

「ああ。部屋にいるときにかかってきた」

「その日、ずっと部屋にいましたか？」

「どうしてそんなこと、訊くの？」

「お友達が、最近つきあいが悪いなんて言ってましたから、何か用事でもおありなのかと思いまして……。バイトとかデートとか……」

「出かけたよ」

木島は言った。「退屈したんで、街をぶらついていた」

「どこの街です？」

「渋谷とか……」

富野はうなずいた。大切なのは、話の内容ではない。相手の態度だ。

犯罪者なら、警察の訪問を受けるととたんに落ち着きをなくす。動揺を隠そうとしても必ず、どこかに現れる。

眼の動き、手の不必要な動き、体の緊張、顔色……。

だが、木島良次は落ち着いて見えた。自信に満ちている。こちらを見下しているようですらある。ドアのチェーンを外そうともしない。

富野の勘はしきりに警報を鳴らしている。

何か妙だ。たしかに、木島良次は落ち着いている。だが、落ち着きすぎているようにも感じられる。

罪を犯していなくても、突然刑事が訪ねてきたら、人は多少緊張するものだ。木島にはその緊張も見られない。自信に満ちているように見える。

「渋谷のどこに行きました？」

「ぶらついていただけだよ。センター街とか井の頭通りとか……」

「行ったのは渋谷だけですか？」

「俺のことを訊きに来たわけじゃないんだろう？」

「そうです。お友達からの電話の確認です」

「なら、もう用事は済んだんだろう？」

富野は、うなずいた。

「ご協力ありがとうございました」

ドアが閉まった。

戸口から離れると、富野は鬼龍に尋ねた。

「どうだ？」

「感じますね。同じ陰の気です」

「応援を頼もう」

「何て説明するんです？」

鬼龍にそう尋ねられて、富野はうなった。陰の気を感じるなどと説明しても誰も取り合ってくれないだろう。精神状態を疑われるだけだ。

だが、一人では二十四時間監視するわけにはいかない。

「何とかごまかすさ……」

富野は、マンションを出ると、携帯電話で捜査本部に連絡を取った。連絡係が出たので、田端課長に替わってもらった。

「おう、トミやんか。何かつかんだか？」

「リストにあった少年の友人でちょっと臭うのがいるんです」

「臭う？」

「監視をつけたいのですが……」

「何か根拠はあるのか？」

「はっきりした根拠があれば、家宅捜索の令状を頼んでます」

田端課長は、電話の向こうで考えているようだ。富野は、もどかしかった。

「とにかく、こっちに戻ってきたらどうだ？　捜査本部で詳しく話を聞こう」

「眼を離したくないんです。いつ動きはじめるかわかりません。逃亡する恐れもありま
す」

「おい、切羽詰まった口調だな。まるで、真犯人を見つけたような口振りだぞ」

「俺はそう思っています。でも、課長を納得させられるような根拠はないんです」

また、しばらく無言の間があった。

「わかった。一人そっちにやる。そいつと相談してくれ。対象者の名前と住所を教えろ。

こっちでも調べてみる」

富野は、木島良次の名と住所を教えた。

携帯電話を切ると、鬼龍が言った。

「なかなか手強そうな亡者です。気配を隠すことを覚えています。陰の気をコントロー

ルできるようになっているようです」

「監視をつけることになった。うまくすれば現行犯で逮捕できる」

「うまくいくといいですね」

「うまくやるさ」

「警察が訪ねてきたことで、いっそう慎重になるでしょう」

「だが、欲望は抑えきれない。それが亡者だ。そうだろう」

鬼龍はうなずいた。

「それはそのとおりです」

「俺はこのまま監視を続けて、応援が来るのを待つ。あんた、どうする？」

「俺は俺のやり方で、勝手にやらせてもらいますよ」

たしかに、応援が来たときに鬼龍はいっしょにいないほうがいい。富野はそう思ってうなずいた。

「じゃあな」

富野が言うと、鬼龍はかすかにうなずき、背を向けて歩きだした。

すっかり日が暮れていた。街灯のおかげでそのあたりはかなり明るいのだが、不思議なことに、鬼龍の後ろ姿が闇に呑み込まれていくように見える。

やがて、鬼龍の姿は見えなくなった。

富野は電信柱の脇に立って、マンションの出入り口を見張っていた。まるで、刑事ドラマのようだと、富野は思った。これで、相棒があんパンと牛乳を買ってくれば申し分ない。

応援は、一時間後にやってきた。ベテラン刑事の矢崎だった。車でやってきて、細い道に何とか駐車した。富野は救われた気分で助手席に乗り込んだ。車があるのとないのとでは、張り込みのきつさが違う。

「あそこのマンションか？」

矢崎がハンドルにもたれるようにして、フロントガラスから前を見た。

「そうです。部屋は、二階の左から二番目」

「明かりがついているな……」

「まだ、部屋にいますよ」

矢崎は、背もたれに体をあずけ、富野を見た。

「それで……？　なぜ、その木島良次とかいうやつに眼をつけたんだ？」

「渡されたリストを当たっていました。その中の一人が、木島の友人でした。そのリストの中の少年のアリバイを確認しようとして、木島を訪ねたのですが……」

どうにも説明しずらかった。

そこに鬼龍がいて、犯人と同じ陰の気を感じたのだ。

そんな説明を、この叩き上げの刑事が信じるはずはない。

「その……。臭うとしか言いようがないのです」

富野は嘘をつくことにした。嘘も方便だ。それしか手はない。「池袋の事件のことを話すと、あきらかに動揺したのです。渋谷の事件、池袋の事件ともに犯人の髪の毛が現場に落ちていましたね。長い髪で染めた形跡はなかった。木島良次も長い髪をしており、染めてはいません」

矢崎は、富野をしげしげと見つめた。日に焼けた赤ら顔だ。ゴルフ焼けなどとはわけが違う。毎日、聞き込みに歩きまわっているせいだ。

「それだけのことか？」

矢崎は、眉をひそめていた。「それだけのことで、張り込みをやりたいと……？」

「そうです。根拠と言えるのはそれだけです。しかし……」

富野は溜め息をついた。

「勘か？」

「まあ、そういうことになるかもしれません」

富野が力なくこたえると、矢崎は言った。

「俺は、捜査本部へ行く」

「待ってください。確たる証拠はありませんが、たしかに怪しいのです」

「おまえさんは、この車を使え」

「車があっても、一人で張り込みは無理です」

「だからさ、俺は捜査本部に行って課長に掛け合ってくる。もう一組いないと、監視は無理だ。さらに、交替要員も必要だ」

富野は、何を言われているのかわからず、ぽかんとした顔で矢崎を見つめていた。

矢崎は言った。

「俺は今、ようやく手応えがある話が聞けたと感じた。刑事の勘をばかにするやつは、俺が許さねえ」

「俺、刑事じゃなくて、少年課ですけどね……」

「同類だよ。待ってな。ちゃんとした態勢を組んで出直してくる。人手が足りねえなんぞぬかしたら、渋谷署の待機寮に行って人をかき集めてやる」

矢崎は車を降りて徒歩で祐天寺の駅に向かった。

富野は一人車に残り、矢崎の言葉をかみしめていた。

体の奥に熱いものを感じていた。

11

探りを入れに来たな……。

木島良次は、そう思った。刑事がやってきた。渋谷に住むダチのことだと言っていたが、渋谷と池袋の件でやってきたに違いない。

たしかにあの日、出かける前に木島良次は電話を受けた。だが、池袋に出かけることに決めていたので、適当にあしらって電話を切ったのだ。

ダチとつるんで歩くより、ずっと楽しいことをやることに決めていた。

あれ以上の楽しみはない。

思ったよりずっと早く警察が現れた。

だが、良次は不安を感じていなかった。証拠をつかんでいるのなら、踏み込んできたはずだ。

たしかに、警察はここまでやってきた。だが、これからが問題だ。

慎重にやれば、だいじょうぶだ。その自信があった。体中に力が満ちている。

他人を支配する力だ。

誰も俺を捕まえることなどできない。見張りがついているかもしれない。ごくろうなこった。

俺はしばらく品行方正な少年を演じるのだ。そして、いつか警察を出し抜いてやる。

危機感はまったく感じない。むしろ、ぞくぞくするほど楽しかった。警察が注目している。俺に一目置いているのだ。そう思うと、甘美な快感がわき上がってくる。

渋谷と池袋の、狂おしいほどの快感を思い出す。そうすると、また体中に力がみなぎるのだ。

矢崎が戻ってきたのは、二時間後だった。富野が運転席に移っていたので、矢崎は助手席にそっと滑り込んだ。静かにドアを閉める。

「どうだ?」

「動きはありません」

「八時に交替が来る。三交替で張り込む。向こうのコンビニの前にもう一組いる」

富野はうなずいただけだった。何か言いたいが何を言っていいかわからない。

「張り込みの経験はあるか?」

「いいえ」

「まず、便所を確保することだ。そして、飲み物をひかえる。すぐにションベンがしたくなるからな。長い退屈な時間だ。それに耐えなきゃならん」

「一度やってみたかったんですよ」

「刑事になりたいのか?」

「はい」

「損な仕事だ。出世街道からははずれているし、人生の嫌な面ばかりを見ることになる」

「でも……」

富野は言った。「矢崎さんは、刑事という仕事が好きなんでしょう?」

「この仕事が好きかって?」

矢崎は笑った。「そんなことは考えたこともない。好きか嫌いかなんてな。刑事は俺にとっては仕事じゃない。生活そのものだ」

良次は、ベランダからそっと外の様子を見た。見慣れない車が停まっている。警察の車に違いない。

俺のために警察が張り込みをしている。有名人になったような気がした。テレビでは、池袋の殺人事件の続報が流れている。

新聞の記事の切り抜きもある。テレビのニュースやワイドショーを録画したビデオもある。それを眺めていれば、しばらくは満足感を味わっていられる。

だが、そのうちにまたどうしても女が必要になる。だが、そのために綿密な計画を練る必要はないと思っていた。

綿密な計画などかえって危険だ。警察は、その作為に気づくのだ。計画的な犯罪は足がつきやすい。行き当たりばったりの犯罪のほうが、捜査は難しいのだ。

良次には、いつしかそんなことまでわかるようになっていた。ニュースやワイドショーの録画を繰り返し見たり、新聞の記事を何度も読んだおかげかもしれない。

それよりも、犯罪そのものに興味がわいてきたせいかもしれない。自分は犯罪者であるという自覚がある。そして、それを行う力がある。

犯罪は甘美だ。あらゆる人間にとって魅力的なはずだ。だが、多くの人は、罪を犯す度胸と力がないのだ。良次はそう考えるようになっていた。

俺には、その権利と力がある。

その日、良次は、十二時過ぎに部屋の明かりを消した。しばらくは、部屋でおとなしくしていなければならない。

ベッドに入り、充実した気分のまま眠りについた。


八時に交替が来て、富野は矢崎とともに捜査本部に引き上げた。

捜査会議の最中だった。捜査員たちは、それぞれに聞き込みの結果を報告している。

奈緒美も捜査会議に出席していた。

奈緒美の隣には、若い刑事が座っていた。昼間、奈緒美と額をくっつけるようにして打ち合わせをしていた刑事だ。渋谷署の刑事で、名前は、たしか、寺本といった。

ときおり、奈緒美に何か話しかけている。そのとき、幸せそうな笑みを浮かべる。どうやら、奈緒美と仲良くなりたいらしい。今のところ、その目論見はそこそこうまくいっているように見えた。

寺本は、なかなか二枚目だ。黒いシャツにチェックのジャケットを着ており、近くに行くとコロンの匂いがするようなタイプだ。

富野と矢崎は、一番後ろの席に腰掛けた。

矢崎も、奈緒美と寺本の様子に気づいたようだ。富野にそっと言った。

「あの女学者は、若い警察官にとっては目の毒だな……」

「そうかもしれませんね」

独身の警察官は、原則として待機寮に住んでいる。その上、仕事が不規則でなかなか女性と知り合うチャンスがない。職場結婚も多いが、警察には女性の数が限られている。そこに、若くて魅力的な女性学者が現れた。若い刑事たちは、落ち着かなくて当然だ。

「あんたは、よくなびかなかったな」

矢崎が再びささやいた。「二人きりになることも多かっただろうに……」

「自分でも不思議なんですがね。最初からどうも反りが合わなかった……」

田端課長が、富野に発言を求めた。

富野は、再び嘘をつかねばならなかった。矢崎にした説明を繰り返す。証拠はないが、ある心証を得たという点を強調した。

「その少年は、あたしのプロファイリングと一致しているの？」

奈緒美が尋ねた。

捜査本部における彼女の発言力が増しているように感じられる。面白くなかった。

「必ずしも一致していない。体格は、それほど大きくない。おそらく身長は、百七十五センチ前後。痩せ形で長髪だ」

「あたしの説を信じないということ？」

「そうじゃない。捜査というのは、いろいろな可能性を考えなければならない」

「専門家として、捜査に協力すべきだと言ったのは、あなたよ」

「君の意見を尊重していないわけじゃない」

矢崎が間に入った。

「まあ、待てよ、お嬢さん。捜査はね、理屈じゃないこともあるんだ」

「非効率的じゃないかしら」

矢崎は笑みを浮かべて言った。

「忘れたのかね？　安原に手錠をかけたのは、この富野なんだよ」

奈緒美が言葉を探している。

田端課長が言った。

「木島良次の件は、トミやんとザキやんに任せる。他の捜査員は、明日からまた、リストに従って聞き込みをやってくれ。そうだ、トミやん。木島良次だがな、補導歴があったよ。写真が手に入った」

富野は、田端課長を見た。

「性犯罪ですか？」

「カツアゲだ。昔は渋谷のセンター街あたりでチーマーをやっていたらしい」

富野の知識からすると、恐喝などの犯罪と性犯罪は直接結びつかない。だが、今ではその点に疑問は持たなかった。

富野は、鬼龍の言葉を信じている。過去にどんな犯罪を犯したかは問題ではない。木島が犯人だとしたら、動機は一つだ。亡者にされたからなのだ。

鬼龍はどうしているだろう。ふと、富野は思った。彼も木島良次の部屋を監視しているのだろうか。たった一人で何日も見張りを続けることはできない。

今度は、鬼龍の世話になる前に警察で何とかしなければならない。

寺本が振り返って富野を見ているのに、ふと気づいた。睨みつけられているように感じた。

何だ、あの目つきは……。

富野は、眉をひそめた。

もしかしたら、奈緒美と言い争ったことが気に入らないのかもしれない。あくまでも、奈緒美の味方をしたいということだろうか。それとも、奈緒美と話をしたこと自体が気に入らないのだろうか。嫉妬をしているのかもしれない。

富野は嫌な気分になり、そっと溜め息をついた。

「おう、トミやん」

蒲団が敷いてある柔道場に向かおうとすると、田端課長に呼び止められた。

「組替えをするぞ」

「組替え？」

「成り行き上、あんたには、ザキやんと組んでもらう。本宮奈緒美とはお別れだ」

「助かりますね」

「代わりに彼女には、寺本がつく」

あの二枚目だ。富野は、奈緒美から解放されて、せいせいしたが、もしかしたら寺本は勝ち誇ったような気分でいるかもしれない。それが、ちょっと癪だった。

「彼には荷が重いかもしれませんよ」

「本人は、有頂天だよ。本宮女史のご指名だ」

「今日は、早めに寝ることにします。明日はまた、張り込みですから……」

「ああ。じゃあな」

田端課長は捜査本部に戻っていった。ほとんど寝てないように見える。刑事はタフでなければならない。そして、課長になるためには、普通の刑事よりタフであることを要求されるのだろう。

富野は田端課長を、今までより尊敬する気持ちになった。

柔道場の汗の臭いにも慣れた。臭いなどどうでもいい。疲れ果てていた。蒲団に潜り込むと、ふと鬼龍のことを思い出した。

あいつは今何をしているのだろう。木島良次に張りついているのだろうか。それとも、あの狭い部屋に戻って眠っているのだろうか。そんなことを考えているうちに、ぐっすりと眠り込んだ。

12

警察が訪ねてきた日から、三日が過ぎた。

木島良次は、まだ刑事たちが張り込みを続けていることを知っていた。池袋の事件からすでに六日が過ぎている。

もてあますくらいの力を体内に感じていた良次だが、その効果が薄れはじめていた。ニュースやワイドショーの録画を見ても、新聞の切り抜きを読み返しても、力がわき上がってこない。

力が弱まるにつれて、警察の動きに不安を感じるようになってきた。じわじわと追いつめられているような気がする。

気のせいだ。警察は手出しができない。だから張り込みを続けているんだ。これは我慢比べなんだ。

良次は自分にそう言い聞かせていた。だが、不安感と焦燥(しょうそう)感はどうしようもない。自分が急に弱くなったように感じられる。

煙草を吸ってみても落ち着かない。

渋谷の事件や池袋の事件を思い出してみても、いまひとつ高揚感に乏しい。あの、快感を忘れかけているのだ。なまなましい記憶が薄れかけている。

オナニーをすることで、何とかあの高揚感を取り戻そうとした。自慰行為は、イメージを喚起してくれる。

そうやって、また一日が過ぎた。池袋の事件から七日目だ。

翌日は、さらに不安感が募っていた。警察がうっとうしい。狭いところに閉じこめられているような閉塞感を覚える。息苦しさすら感じた。

コンビニに弁当を買いに行くついでに、マンション付近の様子をうかがってみた。二組の監視がついている。

良次は、部屋に戻り弁当を食いはじめたが、食欲がなく、半分残してしまった。

苛立っていた。

体に満ちていた力が弱まるにつれて、また激しく欲情するようになっていた。あの快感がほしい。また、力と自信を得るために、あの気も狂わんばかりの快感が必要だった。

日が暮れると、欲望はさらに強まった。下半身が熱を持ったようにうずいている。心は、誰かを完全に支配することを渇望している。

いけない。今は、いけない。

良次は必死にこらえていた。

今動けば、警察の思うつぼだ。

良次は、ベッドの上で身もだえしていた。時間が経つにつれ、官能的な欲求は募っていく。

部屋の中に、例のねっとりとした空気が流れはじめる。それは、刻々と密度を増していく。

良次は、その蜜のような空気に包まれた。夢を見ているような気分になってくる。

だめだ。警察の眼がある……。

夢の中のように、もう一人の良次の視線を感じる。そのもう一人の良次がささやく。

行けよ。

だいじょうぶだ。警察なんて、まいてしまえばいい。おまえは、機敏に行動できる。

獲物を見つけるんだ。

良次は、その言葉に抵抗しようとした。

だめだ。危険過ぎる。今は耐えなければ……。

もう一人の良次が、しきりにささやく。

やれる。おまえなら、警察を出し抜いて、また、獲物を手に入れられる。

思い出せ。あの快感を……。また、力を手に入れるんだ。

良次は、ついにそのささやきに抗(あらが)うことができなくなった。

身支度を整える。免許やカード、財布など、万が一落とすと証拠になりそうなものは、すべてポケットから取り出した。ポケットの中は現金だけだ。

どこにでも売っているTシャツの上にフリスクのパーカーを着る。伸縮性があるので、なかなか破れないし、ジッパーなのでボタンを引きちぎられる恐れもない。

靴は、バッタ物だ。そのほうが、足がつきにくいと聞いたことがある。

携帯電話も置いていった。携帯電話は、個人情報の宝庫だ。

ねっとりとした甘い空気の中を泳いでいるような気分だ。もう、獲物を見つけることしか考えられない。

警察などまいてやる。

良次は部屋を出た。


良次が動き出したという連絡が、捜査本部に入った。富野は張り込みを交替して、捜査本部に戻ってきていた。

午後十一時過ぎのことだ。

「念のためだ」

田端課長が言った。「ザキやん、トミやん、ユーダブ持って行ってくれ」

富野と矢崎は、総務係が持ってきたUW―201無線機六台を受け取った。片手で持てる部隊内指揮用の小型無線機だ。

木島良次の監視班は、尾行を開始したようだ。木島良次は、東横線で渋谷に向かったという。

富野と矢崎は渋谷で合流することにした。渋谷の東横線改札口近くで、待ち合わせた。尾行をしていた二人組が現れ、富野と矢崎を見つけた。

「どうなっている？」

矢崎が尾行組に尋ねた。

「今、二人ついている。携帯で連絡が入るはずだ」

「よし」

矢崎が言った。「全員で尾行しよう。ハコだ」

ハコというのは、対象者を四方から囲んだまま尾行する方法だ。富野は、二人に無線機を渡した。

木島の尾行を続けている二人から携帯で連絡が入った。木島は、山手線に乗り換えたという。

尾行班の一人が矢崎に言った。

「本当に尾行が必要なんですか？」

「どういう意味だ？」

「本ボシの線は薄いんでしょう？　ただ、街をぶらつくだけかもしれない」

彼らのやる気はいまひとつだ。当然だ。彼らは、木島が犯人だという根拠を知らない。

矢崎が厳しい口調で言った。

「線が薄くても濃くても、精一杯やるんだよ」

四人は山手線の乗り場に向かった。木島は新宿・池袋方面に向かったと携帯電話で連絡が入る。

四人も停車中の山手線に乗り込んだ。

尾行をしている係員の中で、富野だけが、木島が犯人であるという確信を持っている。矢崎もそれを支持してくれている。だが、他の四人の士気は上がっていない。

木島は新宿駅で降りた。

「いた」

富野は言った。「あそこだ」

「よし、散るぞ」

矢崎が言った。「今後は、ユーダブを使え」

捜査員たちは、木島を取り囲むようにしてホームを移動した。木島は出口への階段を降りようとしている。

先回りして階段を降りる捜査員の姿が見える。

木島は、となりのホームへの階段を昇りはじめた。尾行をまこうとしているのだろうか。

富野と矢崎は木島を追った。矢崎の声が無線機から聞こえる。

「マル対は、となりのホームだ」

そこに、渋谷方面の電車が滑り込んできた。木島は、ぶらぶらとホームを歩いている。別の出口へ向かおうというのだろうか。

電車に乗り込む様子もない。

発車のチャイムが鳴る。渋谷方面に向かう電車のドアが閉まる。その瞬間、木島はするりとドアの中に滑り込んだ。

富野は、ホームに立ち尽くしていた。

無線機から矢崎の声が聞こえる。

「くそっ。誰か、電車に乗ったか？」

「いえ。逃げられました」

誰かがこたえた。

富野は、電車が目の前を通り過ぎていくのをただ眺めるだけだった。

「集合しろ」

矢崎の声が無線機から聞こえる。「キオスクのそばだ」

その声が聞こえる直前。富野は、走り去る電車の窓に、黒ずくめの男がいるのを見たような気がした。

鬼龍……。

もし、見間違いでなければ、鬼龍光一が木島を尾行しつづけていることになる。

とにかく、集合場所に行こう。

歩き始めた富野は、白い服の銀髪の男が目の前にいるのに気づいた。

「安倍孝景……」

「外道にまかれたな」

皮肉な笑いを浮かべている。

「あんただって、鬼龍に先を越されたようだな」

「ふん。どうってことはない」

「木島の陰の気を追えるか？」

「誰にものを言ってるんだ」

「後を追いたいんだ。協力してくれ」

「言われなくても、俺は追う。勝手についてくればいい」

富野はうなずいた。

「そうさせてもらう」

富野は、集合場所に向かった。矢崎と四人の捜査員が苛々した様子で立っていた。六人全員に無線機が渡った。

「あの野郎、まくためにわざと山手線に乗りやがった」

矢崎が言って富野を見た。富野は言った。

「あそこの白い服の男が見えますか？」

「ああ。銀色に髪を染めているやつか？」

「彼を尾行しましょう」

「知ってるやつなのか？」

「彼なら、きっと木島のいるところに案内してくれます」

「どういうことだ？」

渋谷方面の電車がやってきた。

「とにかく、わけは訊かずに、言うとおりにしてください」

矢崎は、富野の切迫した様子を見て、迷っている余裕はないと判断したようだ。

「よし。やつを尾行しよう」

安倍孝景は電車に乗った。捜査員たちも全員、電車に乗り込んだ。安倍孝景は目立つので、人混みの中でも見失う恐れはなかった。やがて、安倍は、渋谷で電車を降りた。

そのまま出口に向かう。

深夜の渋谷。まだ、若者たちが街にあふれている。若い女がたくさんいる。亡者の獲物たちだ。

富野は、ただ安倍孝景の後を追うしかない自分に苛立っていた。

尾行のまきかたなど、知っていたわけではない。ただ、頭に浮かんだのだ。良次は計画的に山手線を利用したのではなく、ただ衝動的に行動しているだけだった。

新宿の街に出てもよかった。だが、やはり渋谷のほうが土地勘がある。慣れ親しんだ街のほうが歩きやすい。

同じところを何度も行ったり来たりして尾行者がいないことを確かめた。刑事らしいやつはもういない。

満足して、センター街をぶらついた。女子高生らしいグループが、街角で固まり、煙草を吸っていた。ガングロのコギャル。今ではすっかり下火になってしまったが、まだこういう連中がいる。

やつらは面倒だ。

いつも集団でいるし、一人になると、意外と臆病だ。声をかけてもついてこないことが多い。金を要求されることもある。

見るからにダサイ女もだめだ。警戒心が強く、ナンパにひっかからない。第一、こちらの食指が動かない。

適度に美人でスタイルがよく、ある程度肌を露出した服装をしている女性のほうが、ナンパにはひっかかりやすい。彼女らは、ナンパに慣れており、楽しみ方も知っている。期待すらしていることがある。

良次は、ねっとりとした甘い空気をまといつかせながら、センター街を通り抜け、路地を抜けて東急本店通りに出た。

最初の事件のことを思い出す。ぞくぞくした。ねっとりとした空気が濃度を増す。蜜の中を泳いでいるようだ。そして、酔ったような、夢の中にいるような独特の気分になっている。

もう一人の良次が、自分を見下ろしている。そのもう一人の良次がささやく。

さあ、お楽しみの時間はもうすぐだ。

Ｂｕｎｋａｍｕｒａの前の通りは、意外と女性の一人歩きが多い。京王井の頭線の神泉駅に向かうためだ。

帰り道だから、誘ってもついてくる確率はあまり高くない。だが、皆無ではない。しかも、今の良次には、ねっとりとした甘い空気の力がある。

何人かに声を掛けた。

五人目の女に脈があった。

お茶でも飲まないか？

お茶？　いやよ。

もう、帰るのか？　夜はこれからだぜ。

だから、お茶じゃいやだと言ってるの。

酒でもいい。

おごってくれるの？

ああ。

すでに、彼女は、ねっとりとした空気の影響を受け始めている。眼にうっとりとした表情が浮かんでいる。

彼女はオレンジ色の胸を広く開けたインナーの上に白いシャツブラウスを羽織っている。黒い革のミニスカートだ。すごく短い。

身長は、百六十センチくらい。スタイルがいい。胸の谷間がはっきりと見て取れる。

彼女は、ミカと名乗った。

近くのバーで一杯おごった。ミカは、クラッシュアイスにブランデーを注いで飲んだ。

すでに、彼女は良次の術中にはまっている。酒が入ったミカは、隣に座った良次にときおり肩を触れてくる。

欲情が高まり、それにつれ、ねっとりとした甘い空気も強まる。

現実感が遠のく。

酒を二杯飲むと、良次はささやいた。

もっと楽しいところ、行こうぜ。

ミカが笑みを浮かべて言う。

楽しいところって、どこよ。

いいから、ついて来いよ。

良次は、料金を払って店を出た。ミカがついてくる。腕を絡ませてきた。胸のふくらみの柔らかさを肘(ひじ)に感じる。

良次は、東急本店の裏手に向かった。最初の事件の場所に向かおうというのだ。そこが、このあたりでは、もっとも都合がいい場所であり、前回のことを思い出して、いっそう気分が燃えるからだ。

こんなところに何があるの？

さすがに、ミカが不安そうに尋ねた。

いいから、ついてこいよ。面白いぜ。

前回の現場にやってきた。まだ、警察がつけたチョークの跡がある。暗がりの中で、ぼんやりとそれが見えている。

何よこれ……。

ミカが言った瞬間、良次は口をふさいだ。

ミカが暴れた。足を払う。簡単に倒れた。

その上に覆い被さる。

女は咄嗟（とっさ）に悲鳴を張り上げることはできない。大声を出すにも、覚悟と準備がいるのだ。良次はそれを知っている。

良次は落ち着いて、ハンカチを取り出し、ミカの口に押し込んだ。

ミカは脚をばたつかせている。両方の拳で良次を殴っている。うるさいので、一発顔を張ってやった。派手な音がした。

ミカは小さく悲鳴を上げた。さらに逆の頬を打つ。

快感が背筋を駆け抜けた。良次は馬乗りになり、握りつぶすように両方の乳房を揉みしだく。ミカが苦痛にもだえる。

言っただろう。楽しいことをするって。

良次は、ミカにささやいた。

ミカの両目が恐怖に見開かれる。それを見て、また快感が背中を走った。下半身が熱くなる。

まず、薄いインナーを引き裂き、ブラジャーを引きちぎった。大きな乳房がぶるんと飛び出して揺れる。

後ろ手に手を伸ばすと、太腿に触れた。ストッキングははいていない。生脚だ。下着に手を掛け、それを引き裂く。

ミカは、いっそう激しく暴れた。

さあ、俺に力をくれ。おまえは、俺の生け贄だ。

体をずらして、挿入しようとした。

そのとき、冷たい風が吹いてきたように感じた。不快な風だった。思わず良次は振り返った。

暗くてよく見えないが、そこに何かがいた。黒っぽい何かだ。

その何かが言った。

「無極の闇の亡者め。陰陽の理を叩き込んでやる」

突然、安倍孝景が走り出した。

渋谷にやってきた孝景は、ただ無目的にうろついているだけのように見えた。無駄な捜査は早く引き上げて、蒲団に潜り込みたいのだ。

安倍孝景が駆けだしたのは、渋谷にやってきてから、たっぷり一時間も経ってからだ。

「動いた」

無線から矢崎の声が聞こえる。「追うぞ」

了解という声が次々に聞こえる。

富野も同様にこたえて、孝景を追った。

孝景は、東急本店に向かって走っている。

前の事件の現場付近じゃないか。

富野は思った。

まさか、残留している過去の陰の気に反応したわけじゃあるまいな……。

孝景は東急本店の裏手に向かった。やはり、事件の現場だ。

そのとき、富野はくぐもったような女の悲鳴を聞いたような気がした。富野は無線機のトークボタンを押して言った。

「女の悲鳴が聞こえました。前の事件の現場のあたりです」

了解を告げる声が五つ返ってくる。

富野はもどかしい思いで駆けた。現場にやってきた富野の眼に、まず体を丸めている女が飛び込んできた。怯えている。着衣が乱れていた。

そして、何か黒っぽいものと対峙している木島良次が見えた。

木島良次が弾かれたように駆けだした。細い路地に逃げ込もうとする。

黒っぽいものが叫んだ。

「待て!」

鬼龍光一の声だった。

逃げられる。

富野は思い、木島を追った。

その行く手に、白い影が姿を見せた。

「外道、逃がすかよ」

孝景だ。

木島良次は、安倍孝景に殴りかかった。

孝景は、左のカウンターを見舞った。見事なタイミングだ。

次の瞬間、孝景の体が前方に流れるように移動した。木島良次の腹に、強烈なパンチを撃ち込む。

そのとき、何かが光ったように、富野には感じられた。

木島はまず、パンチの衝撃で体をくの字に折った。そして、それから、電気にでも触れたようにびくりと反り返った。

しばらくその状態が続いていた。本当に感電しているような恰好だ。やがて、木島の体から力が抜け、彼は地面に崩れ落ちた。

背後に気配を感じ、振り返ると、鬼龍がいた。

孝景が鬼龍に言った。

「だから、あんたのやりかたは甘っちょろいって言うんだよ」

鬼龍は言い返した。

「おまえが邪魔をしなければ、もう少しで終わったんだ」

富野は、手錠を取り出した。木島良次を後ろ手にし、手錠をかける。

背後で、声が聞こえた。

「おい、救急車を手配しろ。被害者を頼む」

矢崎の声だ。

鬼龍は孝景に言った。

「行くぞ」

富野が何か言う前に、二人は姿を消した。

矢崎と二人の捜査員が駆けつけた。矢崎が尋ねた。

「身柄、確保したか？」

富野はこたえた。

「はい」

「現行犯だな？」

富野は時計を見た。

「午前零時三十五分、強姦並びに傷害の現行犯です」

見下ろすと、木島良次は、茫然と宙を見つめていた。何が起きたのか、まったく分からない様子だった。

13

木島良次の身柄は、渋谷署に運ばれた。やはり、安原のときと同様に様子がおかしい。ぼんやりとしており、まるで現実感がないように見える。

木島はまったく抵抗しなかった。取調室に連れて行こうとすると、捜査本部から廊下に出てきた捜査員たちが、ささやかな歓声を上げた。

その中に、本宮奈緒美も混じっていた。本宮は、木島を見ると、なぜか捜査本部の中に引き返してしまった。

それまでぼんやりとしていた木島が、ふと我に返ったように言った。

「あれ……」

富野は尋ねた。

「どうした？」

「どうして、あの人、ここにいるの？」

「誰のことだ？」

「大学の人……。奈緒美さんだよ……」

富野は、驚いた。

「本宮奈緒美を知っているのか？」

木島良次は、呆けたような表情のままうなずいた。

「知ってるよ」

「どこで知り合った？」

「鑑別所にいるときに、面接を受けた」

「それだけか？」

木島良次は、それ以上はこたえようとしなかった。ただ、ぼんやりと奈緒美がいたところを眺めているだけだ。

田端課長の声が言った。

「おい、また、トミやんがガラ取ったのか？　これじゃ刑事は形無しだな」

「協力者がいまして……」

「少年課独自の協力者か？」

「そんなところです」

「まあいい。とにかく、容疑者を連れて行け」

富野と矢崎が両側から木島良次の腕をつかんでいた。二人がうながすと、木島は素直に歩きだした。

病院に運ばれた被害者の供述により、木島の容疑は、強姦ではなく、強姦未遂の現行犯となった。

過去の二件の暴行殺人の件を追及すると、木島は、自分がやったのかもしれないが、はっきりしないとこたえた。

被害者の体内に残された体液と血液型は一致している。また、現場に落ちていた髪の毛は、木島のものであることが確認された。

充分に起訴できる材料がそろっている。だが、富野は釈然としなかった。取り調べはベテランの捜査員が担当している。富野は、木島が取調室に入って以来、話を聞けずにいた。

夢の中の出来事のようだ。

安原と同様に、木島もそう語ったそうだ。それが亡者の特徴なのかもしれない。

例によって、送致のための山のような書類書きの仕事があり、富野もそれに忙殺された。この書類書きが終われば、捜査本部は解散となり、富野は通常の仕事に戻る。

安原と木島の逮捕で、たしかに捜査本部の仕事は終わった。だが、それでいいのだろうか。

また、鬼龍光一の言葉を思い出した。

「この事件は警察の領分ではない」

では、放っておけばいいのか。あとは、鬼龍たちに任せればいいのか……。

安原と木島は、誰かに亡者にされた。鬼龍光一は、彼らも被害者かもしれないと言った。では、安原と木島を亡者にしたやつを何とかしなければならない。

それは警察の役割ではないと、鬼龍光一は言う。事実、安原や木島を亡者に仕立てたことを罰する法律はない。法律がなければ、警察は手が出せない。

富野は、書類書きの手を止めて、奈緒美を見た。奈緒美は、寺本と何か話をしている。二人は急速に親密の度合いを深めているように見える。

富野は席を立ち、二人に近づいた。

奈緒美が富野を見た。

奈緒美ではなく、寺本がこたえた。

「ちょっと、話があるんだ」

「何の話だ?」

対抗心をむき出しにしている。奈緒美を取られるとでも思っているのだろうか。

「木島良次についての意見を聞きたい」

「ここで話せばいいだろう」

「内密の話もある」

寺本がまた何か言おうとした。

それを遮(さえぎ)るように奈緒美が言った。

「いいわ。どこで話す？」

奈緒美が立ち上がった。富野は、部屋を出て、空いている取調室に入った。富野は机に腰を乗せ、奈緒美は戸口近くに立ったままだった。

「あたしを尋問しようというの？」

奈緒美は皮肉な笑いを浮かべて言った。

「あんたは、安原に会ったことがあると言った。そして、木島もあんたを知っていた」

「あら、そう？」

「鑑別所にいるときに、あんたに面接を受けたと言っていた。だが、あんたは、木島良次の名前を聞いても何も言わなかった」

「忘れていたのよ」

奈緒美が言った。「研究のために、数え切れない少年たちに面接をしたわ。たいていは一度きりよ。全部の相手を覚えているわけじゃない」

「安原は覚えていた」

「印象に残ったからよ。彼は、明らかに支配欲が強かった」

「あんたは、木島良次を見たとき、あわてて姿を隠そうとしただろう？」

奈緒美は、心外だという顔をした。

「あたし、そんなことしてないわ」

「身柄を取って、取調室に連れて行こうとしたときのことだ。捜査員たちが、廊下に出て来て俺たちを出迎えた。その中にあんたもいた。だが、木島を見たとたん、部屋の中に引っ込んでしまった」

「それは誤解よ。あたし、別にそんなつもりはなかった」

「連続婦女暴行殺人の容疑者が、二人ともあんたを知っていた。これは偶然なのか？」

「偶然とは言い切れないわね」

「どういうことだ？」

「あたしは、少年犯罪者の面接をする。多くの非行少年に会うわ。たいていは、鑑別所で面接をする。そして、その少年たちが鑑別所を出て、また罪を犯す」

「何が言いたい？」

「現代の少年犯罪の特徴の一つよ。再犯率が高い。少年たちは更生せず、社会に出るとまた犯罪を繰り返す。安原猛と、木島良次は、鑑別所を出ても更生しなかった。それだけのことよ」

　富野は、奈緒美を見つめた。彼女は、自信に満ちている。嘘をついたり、ごまかしているようには見えない。

　世の中に偶然はいくらでもある。そして、彼女の言うとおり、少年の再犯率は上がっている。だからといって、奈緒美の言うことを鵜呑みにする気にはなれない。

「あんたは、どうして少年犯罪に興味を持ったんだ？」

「大きな社会問題だからよ。これまでの犯罪心理学では理解できない少年犯罪が増えている。過去の犯罪者を英雄視したり、罪の意識がまったくなかったり、ただ人を殺してみたかったという理由で老人を殺したり……。少年たちの中でモラルが破壊されている。これは新しい社会現象なの」

「その点については同感だ。だが、今回の二人については、どうも納得がいかない」

「どういうふうに？」

「やつらは、もともとあんな犯罪をしでかす人間には見えない」

「でも、事実やったのよ」

富野は、大きく溜め息をついた。ひどく疲れていた。とても、奈緒美と議論する気にはなれない。

「そうだな」

富野は自分の足元を見て言った。

「人間には何でも起こりうる。それが、あたしの主張よ。少年は特にそう。人間は誰しも不完全だけれど、少年はさらに未熟だわ。簡単に何かの影響を受ける。彼らも、挑発的なビデオやゲームの影響を受けたのかもしれない。社会が少年たちに、惜しげもなく刺激を与える。少年たちは、そのおびただしい刺激にさらされて、やがて無批判に受け容れてしまう」

「あんたの言うとおりかもしれない」

「話はそれだけ？」

「ああ。捜査本部が解散したら、お別れだな」

「残念ね。あなたはそうでもないかもしれないけど」

「どうしてそう思う？」

「あたしを、煙たく思っていたようだから」

「そんなことはないさ」

「でも、好意は持ってくれなかった」

「仕事に集中したかったんだ」

「捜査本部が解散しても、また会えるかもしれないわ」

富野は、奈緒美を見た。

奈緒美はほほえんでいた。妖艶なほほえみに感じられる。

「ああ」

富野は言った。「また会うことになるかもしれない」

奈緒美は、ほほえみを残して取調室を出ていった。富野は、しばらく奈緒美が出ていった戸口を見つめていた。

やがて、のろのろと立ち上がった富野は、取調室を後にして捜査本部の総務係に尋ねた。

「署にポラロイドカメラかデジカメはあるか？」

「両方ともありますが、どちらがいいですか？」

た。

「ポラロイドを貸してくれ」

富野は、係員が戸棚から出したポラロイドカメラを受け取り、書類書きの仕事に戻った。

奈緒美が帰り支度をしているのが見える。そばには寺本がいる。奈緒美が部屋を出たのを見て、富野はポラロイドカメラを持って追った。廊下でつかまえ、言った。

「記念に写真を撮らせてくれ」

「あら、光栄ね」

奈緒美は体を斜めに向け、顔を作った。富野はシャッターを押した。一瞬、まばゆく廊下が光った。

写真が自動的にスリットから出てくる。じわじわと映像が浮き出てきた。

「ちゃんと写ってる?」

「ああ」

「じゃあ、あたしは帰るわ。元気でね」

奈緒美は、背を向けると廊下を歩き去った。富野は、奈緒美の写真を内ポケットにしまうと、さきほどの係員にカメラを返した。

そっと寺本の様子を見た。寺本は、書類仕事に没頭しているように見える。富野も書類書きを再開した。

夜明け過ぎにすべての書類ができあがり、捜査本部は解散した。

とにかく、ぐっすりと眠りたかった。今日は明け番扱いだ。自宅に戻り、すぐにベッドに潜り込んだ。体はひどく疲れているが、頭が妙に冴えて眠れない。

富野は、冷蔵庫から缶ビールを取り出し、一気に飲み干した。それから、ベッドに入ると、ようやく睡魔がやってきた。

目を覚ましたときには、あたりは暗くなっていた。何だか心細く、何もかもがむなしく感じられた。

時計を見ると、八時過ぎだった。十二時間近く寝ていたことになる。食事をしようと思ったが、食欲がない。体はだるい。気分をすっきりさせるために、シャワーを浴びることにした。

シャワーの効果は思った以上で、動く気力がわいてきた。髭を剃り、クリーニングされたワイシャツを着ると、生まれ変わったような気分にさえなった。

富野は家を出ると、鬼龍光一の自宅に向かった。夜の街には、怪しげな気配が漂っているような気がする。これが、鬼龍光一の言う陰の気なのかもしれない。

鬼龍は、いつもと同様に富野を迎え入れた。小さな折り畳み式のテーブルが置かれ、茶を出された。

「三人目の被害者は、未遂で済んだ」

富野は言った。

「でも、合計で、五人もの少女が犠牲になりました」

鬼龍はうなずいた。

「二人の犯人も犠牲者かもしれないと、あんたは言ったな？」

「誰かに亡者にされたんです。でも、もともと亡者にされる素質があったんですよ。亡者はそこにつけ込む」

「亡者にされる素質？」

「陰の気の影響を受けやすい人がいます。それが亡者に虜にされる」

「亡者はどうやって亡者を作る？」

「何かの方法で身も心も支配してしまうのです。たいていは、性的な関係が多い」

「性的な関係……」

「誰かに亡者にされるのではなく、何か強烈な体験で、自ら亡者になる者もいます」

「マイナスの思念が凝り固まるのだと言ったな？」

「半端な思念じゃないですよ。激しい怒り、強烈な嫉妬、殺しても飽き足らないくらいの憎しみ……。自ら亡者になったのは、手強い。なかなか尻尾を出しません。祓うのも難しい」

「二人の連続婦女暴行殺人犯は逮捕された。しかし、親玉が残っていたらまた同じことが起きる」

鬼龍はうなずいた。

「親玉は陰の気をコントロールできるので、なかなか見つけにくいのです。孝景も必死で探しているはずですがね……」

富野は、背広の内ポケットに入っていた写真を取り出した。

「本宮奈緒美だ」

「学者さんですね」

「彼女は、二人の犯人を以前から知っていた」

鬼龍は驚かなかった。

「どういう形で？」

「二人の犯人には過去に補導歴があった。鑑別所にいるときに、彼女が面接をしたことがあるそうだ」

鬼龍は落ち着き払っている。まるで、すべてを見通しているような態度だ。

「あなた、この学者さんが、亡者の親玉じゃないかと思っているんですね？」

「二人の犯人を以前から知っていたというのは偶然とは思えない」

「でも、面接したくらいじゃ亡者にはできませんよ」

「亡者は何かの方法で、相手の身も心も支配するのだと言ったな？」

「はい」

「この本宮奈緒美は、男を虜にする才能がありそうだ。ただ美人なだけじゃない。妖しい魅力を持っている」

「二人の犯人はただ面接を受けただけじゃないのかもしれない。その後、何度か奈緒美と会って、例えば性的な関係を持ったことも考えられる」

「二人の犯人がその学者さんと、過去に面識があったことをどうやって知ったのです？」

「一人目のほうは、彼女が自分で言ったんだ。二人目は、署で彼女を見つけた」

「彼女が自分で言った？」

「井の頭公園でのことだ。身柄を確保したとき、彼女が言った」

「どうして、自分からそんなことを言ったのです？」

「調べが進んだ段階でばれるより、自分から言ったほうが怪しまれないと考えたんだ。俺はそう思う」

「なるほどね……」

「あんな学者先生が、捜査本部に参加することは珍しい。だが、彼女がもし亡者の親玉だとしたら、説明がつく。彼女は、警察庁の刑事課長の推薦でやってきた。刑事課長が彼女の虜になり操られている恐れがある」

「もしそうだとしたら、何の目的で捜査本部にやってきたのでしょう？」

「自分が作り出した亡者の犯罪を間近で観察したかったのかもしれない。性犯罪が絡んだ殺人事件は、なかなか正確には報道されないからな。あるいは、自分の眼で現場を見たかったのかもしれない。そして、捜査の撹乱を目論んだ可能性もある。事実、彼女は見当外れなプロファイリングをして、捜査本部を一時混乱させた」

「ただ無能な学者なだけかもしれない」

「おい」

富野は、苛立った。「真面目に聞いてくれ。俺はあんたのつまらん冗談を聞きに来たわけじゃない」

「彼女を亡者の親玉だと思う根拠はそれだけですか？」

「亡者は格が上がるほど、陰の気を消すのだと言ったな？」

「コントロールできるようになります」

「一度、こんなことがあった。彼女が俺の背後から近づいた。だが、俺はまったく気づかなかった。俺は生まれつき勘が鋭いんだ。他人に背後から近づかれて気づかないことなどない」

鬼龍は、しばらく考えてから言った。

「彼女が亡者かどうかを確かめる方法が一つあります」

「何だ？」

「ある高校で二人の亡者を祓ったと言いましたね。殺人現場で感じたのと、同じ陰の気を感じた亡者です」

「ああ。もしかしたら、親玉が同じかもしれないと言っていたやつだな？」

「その二人は亡者としては親子関係にあります。つまり、一人はもう一人に亡者にされたという関係です。その親亡者のほうに訊いてみればいいのです。その学者さんを知っているかどうか」

「その、親亡者とやらの自宅を知っているのか?」

「知っています」

「行こう」

富野は立ち上がった。「案内してくれ」

14

仲根亜由美は、おどおどしていた。鬼龍を見たとたんに緊張を露わにし、富野が警察手帳を見せると、さらに落ち着きをなくした。

「あたし……」

仲根亜由美は鬼龍と富野を交互に見ながら言った。「自分がどうしてあんなことをしたのか、よく覚えてないんです」

鬼龍がかぶりを振った。

「そのことはもういいんだ。学校はどうだ？」

亜由美は曖昧に首を傾けた。

富野は、内ポケットから本宮奈緒美の写真を取り出した。

「この人を知っているか？」

亜由美は写真を受け取り、眉をひそめて覗き込んだ。彼女の表情にさらに変化が現れた。驚き、そしてうろたえている。

富野が尋ねると、亜由美は不安げに眼を上げた。

「本宮さんでしょう？」

「どうして彼女を知ってるんだ？」

「あたしの家庭教師でした。中学三年のときから高校に入学するまで……」

奈緒美のアルバイトだったというわけだ。そのこと自体に不思議はない。しかし、亜由美が奈緒美を知っていたという事実は決定的だ。

そして、亜由美の態度が、奈緒美との普通ではない関係を物語っているように感じられた。二人の間に何かがあったのだ。

「ただの家庭教師だったのか？」

富野は慎重に尋ねた。

亜由美はさらに、緊張の度合いを高めた。眼が泳いでいる。指が不必要に動き、何度も唾を飲み下した。

彼女は眼をそらした。

「ただの家庭教師じゃなかったら、何だっていうの？」

何もないのなら、こういう言い方はしない。

「大切なことなんだ。本宮奈緒美と何があったのか、話してくれないか？」

亜由美はそっぽを向いたままだ。何も話そうとはしない。何か、思い出したくない出来事があったようだ。

富野は辛抱強く言った。

「何か辛いことがあったようだな。だが、話してもらわなければならない。ある重大な事件に関係しているかもしれない」

亜由美は、何も言おうとしない。怒りの表情が浮かんだ。突然やってきて、無理に話をさせようとする富野に腹を立てはじめたようだ。

鬼龍が言った。

「何か、いやらしいことをされたんだね？」

亜由美はそっぽを向いたまま、唇を噛んだ。

鬼龍がさらに言った。

「君は最初はとても嫌だった。でも、そのうちに変な気持ちになってきた……」

亜由美が急に、鬼龍のほうを見た。激しい仕草だ。

彼女は吐き捨てるように言った。

「そうよ。そのとおりだよ」

鬼龍はあくまでも落ち着き払った口調で言った。

「気にすることはない。誰でもそうなってしまうんだ」

「あたし、必死で忘れようとしていたのに、どうして思い出させるようなこと言うんだよ。あたしが悪いんじゃないのに」

大きな目から涙がこぼれ落ちた。憤りの涙だろう。

鬼龍はやさしくうなずいた。

「そう。君が悪いんじゃない。悪いのは、本宮奈緒美という女だ」

亜由美は、泣きながら堰を切ったように話しだした。

「本宮先生は、いい先生だと思ってた。頭もいいし、教え方もうまかった。あたし、成績も上がって、先生のこと尊敬もしていた。きれいだったし……。先生のことが好きだったんだ。でも、あるときから、先生はあたしにキスしたり、体を触ったりするようになったんだ。あたし、びっくりした。最初はあんまりびっくりして、何をされているのかわからないくらいだった。すごく、嫌だった」

鬼龍が言った。

「でも嫌じゃなくなってきた」

「頭がぼんやりして、何がなんだかわからなくなったんだよ。先生は触るだけじゃなく、舐めたりもするようになった」

「そのとき、ねっとりとした空気を感じなかったか？」

亜由美は驚いたように鬼龍を見た。

「そう。感じた。何だか、粘り着くような甘い感じ。部屋ん中の感じが何か、変わっちゃうような……」

鬼龍は富野を見た。

「亡者の手だ」

富野は、亜由美に言った。

「よく話してくれたな。助かった」

亜由美は、てのひらで涙を拭(ぬぐ)った。

「もういいでしょう」

「ああ。協力に感謝するよ」

亜由美は、富野たちに背を向けた。富野は玄関のドアを閉じ、歩きだした。

鬼龍は後ろから言った。

「彼女は、感じてしまったんです。おそらくエクスタシーを教えられた。強烈な陰の気から逃れられなかったんです」

「もういい」

富野は、振り向かぬまま言った。

人の欲望につけ込んで虜にし、罪を犯させる。富野は亡者というものに対して激しい怒りを感じた。

「亡者の親玉は本宮奈緒美だ。間違いない」

富野は言った。

鬼龍は無言でうなずいた。

残っていた。
「すぐにわかる。捜査本部に資料が残っているはずだ」
「どこに住んでいるのかわかりますか？」
「すぐに祓ってくれ」

富野は携帯電話を取り出し、渋谷署に電話した。捜査本部は解散したが、まだ資料は残っていた。

本宮奈緒美は、目黒区の東が丘に住んでいることがわかった。

富野と鬼龍は、タクシーで東が丘に向かった。静かな住宅街だ。一戸建てよりもマンションやアパートが多い。

本宮奈緒美が住むマンションは、駒沢通りからやや奥まったところに建っている。路地の脇の生け垣にツツジの花が咲き乱れている。夜目にもそれが鮮やかに見える。

そういう季節なのだと、ふと富野は思った。古い小さなマンションで、オートロックではない。だが、なかなか重厚な建物で、もともとはかなり高級なマンションとして造られたのかもしれない。

玄関の郵便受けで、奈緒美の部屋が三〇三号室であることを確かめた。エレベーターで三階に行き、ドアの前に立ったとき、鬼龍が眉をひそめているのに気づいた。

鬼龍は、わずかに後ずさった。たじろいだように見える。

富野も何かを感じた。ひどく淫靡(いんび)な感じのする雰囲気だ。ねっとりと肌にまとわりつくような空気。

富野は、鬼龍にそっと言った。

「陰の気だな？」

鬼龍はうなずいた。

「中で何かをやっています。亡者どもの営みです」

富野は、ドアの脇にあるインターホンのボタンを押した。

ややあって、聞き覚えのある声がこたえる。

「はい」

富野はインターホンに向かって言った。

「富野だ。話がある」

「待っていたわよ」

蠱惑的な響きを含んだ声だ。

「待っていた？」

「ドアの鍵は開いているわ。どうぞ」

富野は、ドアノブに手を掛けた。

「いけない」

鬼龍が言った。「出直したほうがいい」

「何をびびってるんだ？」

富野は言った。「ここまで来て手ぶらで帰ることはない」

「出直してチャンスを待ったほうがいい」

「そんなんだから、孝景にばかにされるんじゃないのか」

富野は、ドアノブを捻(ひね)った。奈緒美の言葉どおり、鍵はかかっていなかった。鉄製のドアが開く。中は暗かった。

ドアを開けたとたん、もわっと独特の空気があふれ出してきた。粘り着くような粘液質の空気だ。密度の濃い、蜜のようにどろりと甘い空気。

富野にもそれははっきりと感じ取れた。

背後で、鬼龍が舌を鳴らした。

「どうなっても知りませんよ」

「どうなってもって、どういう意味だ？」

「あなた自身が亡者にされるかもしれない」

富野は、玄関に立ち廊下の先を透かし見た。その先の部屋には仄暗(ほのぐら)い明かりが灯(とも)っているだけのようだ。

どうぞ、と言ったきり、奈緒美が出てくる気配がない。富野は、靴を脱いで上がることにした。

「失礼するぞ」

「靴を脱がないほうがいい」

その言葉は、鬼龍の危機感を表している。この場では鬼龍が専門家だ。専門家の意見に従うことにした。

たしかに様子がおかしい。富野は、靴をはいたまま上がり、用心しながら廊下を進んだ。廊下には二つのドアがある。おそらく風呂場とトイレだろう。

廊下の突き当たりにある部屋から、かすかにうめき声のようなものが聞こえてくる。男のうめき声だ。

富野は粘液質の甘い空気をかきわけるような気分で進み、部屋の戸口に立った。

部屋の光景に息を飲んだ。

うねうねと、白いものが絡み合っている。それは、人の体だった。薄暗がりに白く浮き上がって見える。

人は三人いた。全裸だった。

その中の一人が奈緒美だった。その体は真っ白で、青っぽい燐光を放っているようですらあった。

あとの二人はやや浅黒い。男の体であることがわかる。二人の男が、奈緒美に絡みつき、切なげにうめき声を上げている。

彼らはソファの上で快楽をむさぼっているようだ。富野は、男がこれほどあさましく官能に溺れる姿を初めて見た。男たちはうめき、あえぎ、腰を切なげに動かし、のけぞった。

なまぐさい臭いが部屋に満ちている。

ひどい嫌悪感を覚えた。

奈緒美が、男たちの下になりながら、富野にほほえみかけた。脚を大きく広げ、男たちに快楽を提供している。

「あなたも仲間に入らない？」

奈緒美がかすれた声で言った。

そのとき、上になっていた男の一人が振り向いた。

富野は、舌を鳴らした。

寺本だった。

富野を見たとたん、寺本の眼が憎しみに光った。

もう一人は、初老の男だった。横顔に見覚えがあるような気がする。以前にちらりと見かけたことがある。

警察庁の刑事課長だ。

後ろから鬼龍が富野の肩に手を触れた。

「この先は私の出番ですよ」

富野は、鬼龍の顔を見た。いつものぼんやりとした顔つきではない。薄暗がりの中で、眼が光って見える。厳しい顔つきだ。双眸(そうぼう)は暗がりの先を見つめている。気配を探っているようだ。

今の鬼龍は神秘的に見えた。

鬼龍は、富野の脇をすり抜けて前へ出る。

その姿を見た奈緒美の顔つきが変わった。

「なんでそんな男を連れてきたの？」

怒りの形相（ぎょうそう）だ。

鬼龍は、右手で宙に十字を描きはじめた。

縦に四回、横に五回手を振る。九字を切っているのだ。

亡者たちの動きが止まった。冷や水でもかけられたようにびくりと身を固めると、三人は同時に鬼龍を見た。

「無極の闇に沈むか、亡者ども」

鬼龍の声が聞こえた。「陰陽の理に従い、太極の乾坤に戻ってこい」

九字を切りながら、一歩前に進んだ。

二人の男が、人間離れした動きで跳ね起きた。全裸で脚を広げた奈緒美の姿が露わになった。だが、奈緒美はそのままの姿でソファにもたれている。

警察庁の刑事課長といえば、富野にとっては雲の上の存在だ。だが、今は亡者になり果てている。

亡者に対する憎しみが、現実社会での身分の差に勝（まさ）った。

富野は、刑事課長に飛びかかった。もんどり打って床に転がる。低いテーブルの角に背中をぶつけて、息が止まった。

刑事課長は、富野の顔を殴りつけてきた。眼が輝いている。一発、二発、そしてまた一発。

殴られるたびに、目の前でフラッシュをたかれたように感じる。鼻の奥がきな臭くなったと思ったら、温かいものが、吹き出してきた。さらさらとした鼻水のような感じだ。鼻血だった。

「くそったれ！」

富野は叫んで、刑事課長のでっぷりと太った体を突き飛ばした。

立ち上がろうとした富野は、背中に衝撃を感じた。思わず身をよじった。

「素っ裸の男と組み合う趣味なんかない」

振り向くと、そこに寺本がいた。薄暗がりの中で眼をぎらぎらと光らせている。口元が緩んでいた。

こいつは楽しんでいる。

暴力を楽しんでいるんだ。

直感的にそれがわかった。

いっしょに捜査本部を組んでいた同僚と殴り合いになるとは思わなかった。そのためらいが隙を生んだ。

寺本は、左の短いパンチを飛ばしてくる。それが、さきほど刑事課長に殴られた頬骨に当たった。

理性を忘れるほど痛かった。

　さらに、寺本は、腹に重いパンチを打ち込んでくる。ブロックしようとしたが、間に合わなかった。

　肝臓に重苦しい痛みを感じる。

　体を折ったところに、アッパーが来た。顎を突き上げられ、平衡感覚がなくなる。天井が回り、床と入れ替わった。

　体が柔らかいところに落ちるのを感じた。ソファの上だと気づいたときには、さらに柔らかでしなやかなものが、体に這い昇ってきた。蛇が絡んでくるようだ。

　奈緒美だった。

「さあ、もっと興奮することをしましょう」

　彼女の手が富野の肩や腕をなで回す。むき出しの乳房が胸に押しつけられた。ボリュームと弾力をたたえた二つのふくらみだ。

　さらに、脚が絡みついてきた。

　ねっとりとした甘い空気に包まれる。突き飛ばすつもりだったが、その空気に包まれると、次第に抵抗力を奪われていった。

　警察庁の刑事課長と寺本が鬼龍に向かっていくのが見えた。

　鬼龍は両手を広げている。さらに九字を切った。その瞬間、二人の亡者は、びくりと後ずさった。

「さあ、楽しみましょう。もっと」

奈緒美が完全に上になった。シャツをたくし上げられる。彼女は熱い股間を富野の腰にこすりつけている。

ねっとりとした甘い空気。それはきわめて濃密だった。今は、それを手に取るように感じることができる。

奈緒美は富野の首筋に唇を押し当て、舌を這わせてきた。

突然、冷たい突風が吹いてきた。富野はあきらかにそう感じた。奈緒美が顔を上げて眉をひそめる。

冷たい突風は、明らかに鬼龍のほうから吹いている。鬼龍はさらに九字を切った。警察庁刑事課長と寺本は、顔を両腕でかばいながら後ずさっていく。

奈緒美が振り返って鬼龍を見た。

鬼龍の声が聞こえた。

「今夜は分が悪い。出直します」

「勝手に帰るといいわ」

奈緒美が言った。「この人はあたしがもらう。もう、あたしのものになりかかっている」

鬼龍が冷ややかに富野を見るのがわかった。富野は相変わらず、奈緒美が発する粘液質の甘い濃密な空気に包まれている。

「残念だったな」

富野は言った。

奈緒美は不思議そうに富野を見た。

「俺は最初から、あんたとは反りが合わないと思っていたんだ」

富野は、粘液質の空気を振り払うようにして起きあがった。奈緒美が富野の上から転がり落ちる。

警察庁刑事課長と寺本は、鬼龍が発する冷たい風にひるんだままだ。

「なぜ……」

奈緒美が言った。「なぜ、あなたはあたしを拒めるの？」

富野はこたえた。

「知るかよ」

鬼龍の声がする。

「さあ、今のうちに……」

富野は部屋を出て玄関に向かった。鉄の扉を開けて、廊下に出ると、すぐに鬼龍が追ってきた。ふたりは、階段に向かって駆けた。

「ちくしょう」

富野は言った。

「どうしました？」

「起(た)っちまったじゃないか……」

15

富野のシャツは血まみれだった。鼻血だ。

「クリーニングに出したばかりだったのにな……」

富野はタクシーの中でつぶやいた。鬼龍とともに、富野の部屋に向かっていた。殴られたところがずきずきとうずいている。頬が腫れてきて、目蓋を下から押し上げ、ひどくうっとうしい。

鬼龍は、富野の部屋に着くまで、ずっと黙っていた。何かを考えている。富野は、ワイシャツを脱いで、黒いポロシャツに着替えた。

洗面所に行って冷たい水で顔を洗い、絞ったタオルに氷を入れて頬を冷やした。鬼龍はまだ何も言わない。富野は話しかけた。

「あの二人の男は知っている。一人は、警察庁の刑事課長。本宮奈緒美を捜査本部に送り込んだやつだ。もう一人は、同じ捜査本部にいた。寺本というんだ」

「そうですか……」

　鬼龍は物思いに沈んでいるように見える。

「二人を祓ったのか？」

　鬼龍はかすかに首を横に振った。

「し損じました」

「そうか……」

「でも、力は弱まっているはずです」

「出直すと言ったが、早いほうがいい」

「わかっています」

「なんせ、一人は警察庁の課長だ。いろいろな圧力をかけてくるだろう。俺のクビが飛ぶかもしれない」

「どうやって？」

「俺が本宮奈緒美の家に押し入ったことにすればいいんだ。俺の鼻血が床に落ちているはずだ。指紋も残っているだろう。そして、俺が彼女を襲ったということにしてしまう。たいへんな不祥事だよ」

「なるほど……」

「さっきから何を考えているんだ？」

「出直すなら早いほうがいいというのは、同感ですね。俺は、今夜のうちにもう一度祓いに行こうと思っていました。ただ……」

「ただ何だ？」

「俺一人の手には負えそうにない。あの本宮奈緒美だけでも手強いのに、三人をいっしょに祓わなければならない。へたをすると、こっちの命が危ない」

「安倍孝景の助けを借りればいい」

鬼龍はうなずいた。

「それも仕方がないと思っていたところです。でも、二人ではまだ不足です」

「本家から応援を呼べないのか？」

「そんなことをしたら、殺されると言ったでしょう。修行を途中で放り出したとみなされる。そうすると、鬼道の秘法を知っているということで、抹殺されることになっている」

富野は驚いた。

「殺されると言ったのは冗談じゃなかったのか」

「それに、今から呼び寄せても、間に合いませんよ。今夜のうちに祓わないと……。今頃、彼らは、力を取り戻すために、また亡者の営みをやっているはずです」

「要するに、乱交だな」

鬼龍は携帯電話を取り出した。

「とにかく、孝景に連絡を取ってみます」

「おい、そんな便利なものを持っているのなら、どうして番号を教えてくれなかったんだ？」

「あなたが一度も尋ねなかったんですよ」

言われてみればそのとおりだった。鬼龍と携帯電話という組み合わせが頭に浮かばなかった。

孝景は、二十分で行くとこたえたそうだ。そして、本当に、二十分後に玄関のチャイムが鳴った。

「なんだ、なんだ、しけた顔して」

孝景は、二人を見るなり言った。「外道の親玉を見つけたんだろう？」

「強力なやつでな……」

鬼龍が浮かない顔で言った。「二人の亡者を従えていた」

「失敗して、俺に泣きついたというわけか。だいたい、あんたは、陰陽道の真似事をしたり、言霊に頼るから手間がかかるんだ」

「ああいうのは、それなりに使いやすいんだよ。けっこうよくできている」

「俺に任せろ。鬼道には鬼道のやり方がある」

「一人では無理だ」

「じゃあ、二人でやればいい。このあいだみたいにな」

「二人でも足りない。相手は三人だ。もう一人必要だ」

富野は冷たいタオルで頬を冷やしながら、黙って二人の話を聞いていた。自分の出る幕はないと思っていた。

鬼龍と孝景は、ふと押し黙り、同時に富野を見た。富野は、何事かと二人を交互に見た。

「何だ？」

富野は二人に尋ねた。「どうして俺を見る？」

富野の問いには応えず、孝景が鬼龍に言った。

「ここに一人いるじゃないか」

鬼龍が難しい顔でこたえる。

「だが、自覚していない」

「この際だ。使おうじゃないか」

「おい」

富野は、眉をひそめた。「何の話をしているんだ？」

孝景が富野に言った。

「あんたに、祓うのを手伝ってもらおうって言ってるんだよ」

富野は驚いた。

「いっしょに行くのはもちろんかまわない。相手をぶん殴るくらいはできる。だが、祓うのを手伝うことなんてできない」

孝景は鬼龍に言った。

「だめかもな、こりゃあ」

鬼龍が富野を見つめて言った。

「落ち着いて聞いてください。あなたは、潜在的にその力を持っている」

「冗談言うな。俺は普通の人間だ」

「あなた、普通じゃないんですよ」

「おい、俺がおまえたちの同類だと言いたいわけじゃあるまいな」

「あなたは、あの亡者の親玉を拒否した。並の人間にできることじゃありません」

「もともと、あの女とは反りが合わなかったんだ。それだけだ」

鬼龍はかぶりを振った。

「反りが合わないとか合うとかで、亡者の誘惑を跳ね返せるものじゃありません。事実、この孝景だって取り込まれかけたんです」

孝景が顔をしかめた。

「余計なことを言うな」

「あんたがいたから、助かったんだ」

富野は言った。「それだけのことだ」

「いいえ」

鬼龍が言う。「あのとき、俺は二人の亡者に手一杯で、あなたのことを守る余裕はなかったんです」

「だからといって……」

「あなたは、亡者の親玉を見つけました」

「霊能力とか超能力で見つけたわけじゃない。捜査の過程でわかったことだ」

「でも、直感的に怪しいと思っていたのではないですか？　最初から反りが合わないと感じたのも、潜在的な能力のせいかもしれないでしょう。あんなにいい女なんですよ。普通の男なら、まず反感より好意を抱く」

「すべての男が美人に弱いとは限らんさ」

「いえ。たいていの男は美人に弱い。男は陽で女は陰。美人というのは見た目だけではなく、陰の気を強く持っていることが多い。だから、この世はなりたっている」

富野には、思い当たる節がないわけではなかった。言われてみると、最初から奈緒美には妙なものを感じていた。

幼い頃から、異常に勘が鋭かった。

「しかし……。俺は……」

さらに、鬼龍は言った。

「あなた、私の呪(じゅ)まで破ったのですよ」

「ジュ？」

「古くはシュともいいます。呪術ですよ」

「俺にはそんな覚えはない」

「毎回、暴行殺人の犯行現場に現れる者を、刑事が怪しいと思わないはずがない」

富野は、眉をひそめた。

そういえば、鬼龍を気に掛けたのは富野と奈緒美だけだった。他の捜査員は気づいてもいない様子だった。考えてみれば、これは不自然だ。

「俺は、見られても気に掛けられないような呪をかけていました。でも、それがあなたには効かなかった」

「何だか、うまく言いくるめられているような気がする」

「おい、こいつはだめだ。せっかくの名を持ちながら……」

孝景が吐き捨てるように言った。

「名？」

富野は尋ねた。「何のことだ？」

「あんた、富野っていうんだろう？　出身は和歌山か島根だろう」

富野は、驚いた。

「たしかに父方の実家は和歌山だ。母が島根の出だ」

「トミノナガスネ彦のトミ姓だよ。トミ姓はもともと出雲人の姓でな、トミノナガスネ彦の一族は出雲系のコロニーを和歌山に作っていた。わが奥州安倍一族の祖もトミノアビ彦。同族だよ」

富野は言葉を失った。鬼龍と安倍孝景を交互に見る。

富野は言った。

「あんたたちは、最初から気づいていたのか？」

鬼龍は言った。

「あなたの名前を知ったときから……」

「俺を利用しやがったな」

「協力してもらったんですよ」

富野は、鬼龍たちに踊らされたような気分で、面白くなかった。

「舐められたもんだ……」

「いいじゃないか、そんなことは」

孝景が言った。「祓いに行くんだろう？　早くしないと手遅れになるぜ」

「手遅れ？」

富野が尋ねると、鬼龍が言った。

「亡者が力を蓄えます。ますます手強くなる」

そうだった。

富野は思った。利用されたのどうのとつまらない意地を張っているときではない。

「本当に俺に力があるというんだな？」

鬼龍はうなずいた。

「間違いありません」

「俺はどうすればいいんだ？」

「ただいてくれるだけでいい。俺たちの力が増幅されます」

「だが、さっきは役に立たなかった」

「自覚がなかったからです。力を自覚してください。そうすれば、きっと力が発揮されます」

「自覚か……。曖昧な言葉だ」

「それしか言いようがありません」

「ああ、じれったいな」

孝景が言った。「ぐずぐずしてるなら、俺は先に行くぞ」

鬼龍がほほえんだ。

「行くって、おまえ、場所を知っているのか？」

孝景が絶句した。

「じゃあ、片をつけに行くか。今夜のうちに何とかしないと、やつらはきっと次の手を打つ」

富野は言って立ち上がった。頬を冷やしていたタオルを台所に放った。「俺はクビになりたくない」

鬼龍も無言で立ち上がった。三人が部屋を出ようとしたとき、ドアチャイムが鳴った。

鬼龍と孝景が同時に富野を見た。

時計を見ると、夜中の十二時を過ぎている。富野は返事をせずに、来訪者の出方をうかがった。こんな時刻に訪ねてくる者に心当たりなどない。

もう一度チャイムが鳴る。

富野は相手が何かを言うのを待つ。やがて、ドア越しに声が聞こえた。

「富野さん。警察です。ここを開けてくれませんか」

「警察？」

孝景が言った。「ご同業じゃないか」

富野はしまったと思った。予想していたよりずっと、やつらが手を打つのが早かった。

鬼龍が言った。

「どこか裏から出られるところはないんですか？」

「ない」

富野は言った。「ごらんのとおりのマンションだ。ベランダの下はアスファルトだから、飛び降りたら死ぬぞ」

「富野輝彦」

ドアの向こうからまた声が聞こえる。口調が厳しくなっている。「いることはわかっている。ドアを開けろ」

「腕に覚えはあるか？」

富野は鬼龍と孝景に尋ねた。

「あたりまえだ」

孝景が言った。「鬼道の基本は体術だ」

「強行突破するぞ」

鬼龍が表情を曇らせる。

「俺たちはいいですが、あなたの立場は余計にまずくなる」

「しょうがないだろう」

富野は言った。「本宮奈緒美を放っておいたら、また亡者が少女を犠牲にする」

鬼龍は、静かにうなずいた。

「わかりました」

富野は、鬼龍と孝景に靴をはくように言った。自分も靴をはき、ドアを開けた。

廊下には二人の男が立っていた。一人が手帳を出し、身分証のページを開いた。見たことのない男たちだ。所轄の刑事だろう。

「何の用だ?」

富野は言った。「捜査本部が明けたばかりで疲れてるんだ」

「本宮奈緒美という女性をご存じですね」

所轄の刑事が言った。特徴のない男だ。人混みの中にいたら絶対に目立たない中年男である。

「もちろん知っている。捜査本部でいっしょだった」

中年刑事は、内ポケットから紙を取り出した。見慣れた書式だ。逮捕状だった。

「零時二十分、暴行傷害、並びに家宅侵入の容疑であなたを逮捕します」

富野は驚いた。こいつらは、すでに逮捕状まで手にしている。普通ならこんなに早く裁判所から逮捕状は下りない。警察庁刑事課長の影響力だ。

「俺は無実だと言っても信じないだろうな」

「話は署で聞きます。ご存じでしょうが、抵抗なさると手錠を使うことになりますよ」

口調は丁寧(ていねい)だが、態度はそうではなかった。富野に対する憎しみすら感じられる。不良警官に対する怒りだろう。真面目な警察官に違いない。

「あんたに怨みはないんですがね……」

富野は言った。

「なに……?」

富野は、中年刑事の顔面めがけて、パンチを見舞った。だが、パンチは空を切る。容疑者の逮捕にやってきた刑事に隙があるはずがない。中年刑事は、見かけによらぬ素早さで富野の腕を押さえにきた。逮捕術に長(た)けているようだ。

もう一人の若い刑事がそれに手を貸そうとする。

「手際が悪いな」

背後で声がした。孝景の声だ。

二人の刑事と富野が同時にその声のほうを見る。孝景は、滑るような足取りで近づくと、中年刑事の顔面に左の鋭いパンチを見舞った。刑事がひるむと、その腹に体重の乗った強烈な右ストレートを打ち込む。

刑事は後方に吹っ飛んで壁に背を打ちつけた。そのままずるずると崩れていく。

ぱんという鋭い音がして、富野は思わず振り向いた。

鬼龍が若いほうの刑事の顔面に平手を飛ばしたところだった。さらにもう一発、平手で横から相手の顔面を張る。

若い刑事は、酔ったように脚をもつれさせて尻餅をついた。

富野は、走り出した。エレベーターを待っている余裕はない。階段を駆け下りた。鬼龍と孝景がぴたりとついてくる。

階段を降りきり、マンションを出たところで、突然目の前がまばゆく光った。富野は視力を奪われ、思わず両腕で眼をかばっていた。

何だ……?

薄目を開けてみて、投光器で照らされていることがわかった。

投光器の前には、紺色の集団が見えた。機動隊だ。

何だこの動員は……。

機動隊が一個小隊駆けつけている。まるで武装した凶悪犯に対する出動だ。

富野たち三人は立ち尽くすしかなかった。

「警察庁を甘く見ましたね」

鬼龍が、緊張感のない口調で言った。

「くそっ」

富野が言った。「役人どもが……。警察を好き勝手に動かしやがって」

背後から足音が聞こえた。さきほどの刑事二人が後を追ってきたのだ。彼らの怒りが手に取るようにわかる。

「罪が重くなったな」

中年刑事が言った。「公務執行妨害の現行犯が加わったぞ」

彼が手錠を取り出した。

万事休すとはこのことだ。富野は思った。強攻策が裏目に出た。富野だけではなく、鬼龍と孝景も警察に捕まってしまった。

奈緒美は、その間にまた新たな亡者を作り出す。そして、また連続少女暴行殺人事件が起きることになるのだ。

亡者にされた、寺本の行く末も気になる。やつが、何か不祥事をしでかすのは目に見えている。もしかしたら、彼自身が暴行殺人を繰り返すことになるかもしれない。

打ちひしがれた気分で手錠をかけられた。

鬼龍と孝景にも手錠がかけられている。

「呪とかでなんとかならんのか？」

富野は鬼龍に言った。

「なりませんね」

「案外、役に立たんな」

「おい、勝手に話をするな」

中年刑事が怒鳴った。手錠をぐいと引かれる。

そのとき、投光器の光の向こうから声がした。

「ちょっと待ってくれ」

誰かが機動隊の後ろから歩み出てくる。人影は二つだ。逆光になっていて、顔は見えない。

だが、富野にはそれが誰かすぐにわかった。やがて、彼らの顔が見えてくる。

矢崎と田端捜査一課長だ。

田端課長が言った。

「身柄（ガラ）取ったとこで、申し訳ねえんだが、そいつら、本庁（ホンブ）で預かるぜ」

中年刑事が顔色を変えた。

「捜査一課長ですね。しかし……」

「ちょっと、訳ありでな。すまんな……」

所轄の刑事は、警視庁本部の捜査一課長には逆らえない。中年刑事は、明らかに不満そうだったが、従わざるを得ない。

田端課長は機動隊を見回して言った。

「それにしても、こいつは、大げさじゃねえか？」

「上のほうから指示がありましたので」

「上って、何だい？」

「自分は存じません。自分は、署の上司に言われただけですから……」

「引いてくれよ。近所の人が驚いている」

「わかりました。しかし、機動隊がいなければ、逃げられたところでした」

「そうかい。そいつはお手柄だったな」

所轄の二人の刑事は憤然としてその場に立ち尽くしていた。機動隊がぞろぞろと引き上げていく。

富野、鬼龍、孝景の三人は、マンション前に駐車していた警視庁のバンに連れて行かれた。

どうなっているのか訳がわからなかった。富野たちが並んでシートに腰を下ろすと、矢崎がスライドドアを閉め、後ろの席に座った。田端課長は助手席に座り、運転席の制服警官に言った。

「すまんが、ちょっと席を外してくれねえか？」

運転手の警官はすぐに車を降りていった。

「さて……」

田端課長が振り向き、富野を見た。「どういうことになっているのか説明してくれ」

「それより、どうして課長と矢崎さんが……」

「無線が入ったんでな。あわてて飛んできた」

「二人とも本庁にいたんですか？　明け番扱いなのに」

「刑事ってのは、いろいろやることがあってな」

後ろで矢崎が言った。

田端課長はうなずいた。

「管理職はなおさらだ。さあ、説明してもらおうか。おまえさん、本宮奈緒美の自宅に無理やり押し入って、乱暴し、なおかつ、止めに入った寺本をぶん殴ったんだって？　なんでそんなことになった？」

「説明したいのですが……」

富野は無力感を覚えた。「信じてもらえそうにありません」

「信じるかどうかは、こっちの問題だ。とにかく、本当のことを話せよ。俺もザキやんも本当のことが知りたいんだ」

富野は、開き直った。信じてもらえなくてもかまわない。とにかく本当のことを話すしかない。それしか、富野の行動を説明する方法はない。

まず、富野は、鬼龍と孝景を紹介した。そして、連続少女暴行殺人事件の犯人は、鬼龍が亡者と呼び、孝景が外道と呼ぶ存在であることを説明した。

亡者は亡者を生む。二人の連続少女暴行殺人犯の裏には、二人を亡者に仕立てた者がいるはずだった。親亡者だ。

親亡者を見つけ、それを祓わないことには、本当に事件が解決したことにはならない。なぜなら、また新たな亡者が現れ、同じような事件を起こすかもしれないからだ。

そして、その親亡者が本宮奈緒美であることに気づいた。奈緒美は、警察庁の刑事課長を亡者にして利用していた。そして、新たに寺本が亡者にされてしまった。

富野は、一気にしゃべった。

田端課長は相づちも打たずに話を聞いていた。

富野がしゃべり終わっても、田端課長は何も言わない。あきれているのかもしれない。富野は思った。突然、鬼道だ亡者だという話を聞かされても、はいそうですかというわけにはいかない。それは充分にわかっていた。

やがて、田端課長が言った。

「なんとまあ、とんでもねえ話だな」

「だから、言ったでしょう。信じてもらえそうにないって」

「信じる信じないは置いといて、事実として認めなけりゃならんことがいくつかある。まず、二人の容疑者の身柄を押さえたのはおまえさんだ。そして、捜査本部に女の学者だか研究者だかが参加するのはきわめて異例だということだ。そして、彼女は、たしかに警察庁の刑事課長の推薦でやってきた」

「二人の容疑者を逮捕するに当たっては、鬼龍光一の協力があったんです」

「俺はな、二人の容疑者の取り調べを見て、どうも妙な気がしていた。最近の若いやってな、どうなってるんだと腹を立てさえした。鬼畜のような事件を起こしておきながら、まるで他人事のような言い方をしやがる。だが、それが演技とも思えねえ。いつか、言ったよな。魔物が取り憑いたのかもしれねえって。本当にそんな気がしていた。だから……」

田端課長は、言葉を探すように間を取った。「だから、その亡者とやらの説明は、あながちでたらめに聞こえない」

「そう言ってもらうと、少しは気が楽になりますよ」

「通報を聞いて妙だと思ったんだ。本宮奈緒美の自宅にあんたが押し入ったというのはともかくとして、そこに寺本が居合わせたというのがな……」

「祓いに行って失敗したんです。相手が三人だったのが誤算でした」

「三人？」

「警察庁の刑事課長もいました。三人、裸で絡み合っていましたよ」

田端課長は、不機嫌そうに唸った。

「実をいうとな、何か裏がありそうだと思ったんで、ザキやんに本宮奈緒美について調べてもらった」

「七年前の事件だ」

背後で矢崎の声がした。富野は首をひねって後ろを見た。矢崎が説明を続ける。「本宮奈緒美は、暴行傷害の被害者だった。三人の悪ガキに輪姦された」

富野は、きゅっと奥歯を嚙みしめた。

「少年法は全件送致主義だ。どうしても、捜査が不充分になりがちだ。その悪ガキども証拠不充分で不起訴になった。彼女の怒りと口惜しさは想像するにあまりある」

少年課の富野は、いやというほど似たようなことを見聞きしてきた。少年の性犯罪で検挙されるものは氷山の一角に過ぎない。泣き寝入りしている被害者も多い。

それにしても輪姦事件が不起訴とは……。

「性犯罪の被害者となった怒りと口惜しさ、怨み、憎しみ……」

鬼龍が静かに言った。「亡者になる原因になり得ますね」

被害者が被害者を生む。どうにもやりきれない。富野は口の中に苦いものを感じていた。

「本宮奈緒美が性犯罪の被害者だったなら、どうして、そういう犯罪を防ぐことを考えなかったんだ……」

富野は言った。

「彼女はそうしようとしたのかもしれません」

鬼龍が言った。「だから、異常犯罪の研究という道に進んだのでしょう。しかし、人間というのはそう単純ではありません。自分だけがひどい目にあうのは許せない。自分より不幸な人間を作り出すしかなかったのかもしれない。そして、彼女は亡者になった。

亡者の行動は理屈ではありません。心の奥底の闇に支配されてしまうのです」

「二人の容疑者は、被害者でもあった……」

田端課長は言った。「亡者とやらにされた故の犯行だったわけだな？　だが、もはや警察はそれをどうすることもできない」

「だから……」

富野は言った。「本宮奈緒美を祓わなきゃならないんです」

田端課長は、疲れ果てたように両手で顔を擦った。

「おまえさんには逮捕状が出ている」

「もはや、どうでもいいことです。俺は、本宮奈緒美を祓うことだけを考えることにします。でないと、何もかもがあまりに救われない」

「なんでおまえさんが行くんだ？　祓うのはその二人だろう？」

富野は彼らと同じような力を持っていて、祓う手助けをしなければならない。だが、それを言うつもりはなかった。田端課長だって、これ以上の事実は受け容れがたいに違いない。

「乗りかかった舟です」

富野は言った。「きっちり片をつけたい」

田端課長は、大きく溜め息をついた。

「しゃあねえな。何とか手を回して、訴えは本宮奈緒美の狂言だということにしてみよう」

富野は、頭を垂れた。

「恩に着ます」

「できるかどうかわかんねえぜ。警視庁の課長と警察庁の課長じゃ格が違わあ」

「これからすぐ、祓いに行きます」

富野は言った。「三人は、俺たちが警察に捕まったと信じて、祝杯でも上げているかもしれない」

「乱交してるよ」

孝景がつまらなそうに言った。「賭けてもいい」

田端課長はバンの運転手に目黒区東が丘に向かうように指示した。東が丘で、富野、鬼龍、孝景の三人を降ろすと、バンは警視庁に向かった。運転手の制服警官は一言も口をきかなかった。

「さて、やつらのパーティーに花を添えてやろうぜ」

孝景が言った。

静まりかえった住宅街。三人は、奈緒美が住むマンションに向かった。

部屋の前に立ち、ドアノブを捻ってみる。さきほどと同様に鍵はかかっていない。

「不用心だな……」

孝景がつぶやいた。

「来る者拒まずなんじゃないのか」

鬼龍がこたえる。

三人は靴を履いたまま玄関から上がった。廊下を進み、突き当たりのリビングルームをそっとのぞく。

さきほどの戦いの場だ。だが、そこには人影はない。耳を澄ますと、かすかに獣じみたうめき声が聞こえてくる。

「奥の部屋のようだな」

鬼龍が言った。「おそらく寝室だ」

「行こう」

孝景が言う。「さっさと片づけようぜ」

「気をつけろ。おそらく、陰の気が充満している。おまえは、すぐに取り込まれそうになるからな……」

孝景は何もこたえなかった。

富野はいつになく緊張していた。警察の手入れとは違う。自分が無力に思えた。鬼龍は、自分の力を自覚しろと言ったが、簡単にはいかない。

奥の部屋のドアに近づくにつれて、声がはっきりと聞こえてくる。男のうめき声に、女の嬌声。

「お、いいものがあるじゃないか」

孝景が言った。リビングルームのサイドボードの上に、使い捨てのカメラがあった。

「まだフィルムが残ってるぞ」

それを富野に手渡す。富野は、ストロボのスイッチをいれてチャージした。

奥の部屋の戸口に近づき、鬼龍と孝景が顔を見合わせる。

鬼龍が勢いよくドアを開けた。ダブルサイズのベッドが見える。その上で、亡者たちがみだらな宴を展開していた。

三人の亡者が、はっと戸口を見る。さきほどと同じく、三人とも全裸だった。

ベッドサイドの明かりを灯しており、部屋の中はぼんやりとした明るさだった。

富野は、ベッドの上の痴態を使い捨てカメラのフレームに収め、シャッターを切った。ストロボが光る。さらにもう一枚撮った。

警察庁の刑事課長が驚きの表情で鬼龍たちを見た。

三人を順に見つめると、刑事課長は言った。

「まさか……。警察の包囲を抜け出してきたのか……」

富野は言った。

「何もかもが、あんたの思い通りにいくわけじゃない」

鬼龍はすでに、九字を切りはじめている。宙に指で十字を描く。横に四本、縦に五本。

部屋の中のどろりと濃い陰の気を吹き飛ばすように、鬼龍から風が吹きはじめる。

それが、富野の眼にはっきりと見えた。

見える。見えるじゃないか。

鬼龍の言ったことは間違いではなかったようだ。力を自覚するかしないかの違いだ。

ベッドから寺本が跳ね起きた。怒りに眼を赤くしている。歯をむき出して鬼龍に向かって突進してきた。

その寺本に、孝景が体当たりした。寺本は床にひっくり返る。

「見苦しいな」

孝景が言った。「ぶら下げているものをしまったらどうだ」

そんな孝景の言葉にはかまわず、寺本は跳ね起きると、今度は孝景につかみかかろうとした。荒っぽい警視庁柔道を披露しようというのだろう。

孝景は、鞭のように右足を跳ね上げた。それが、寺本の股間を襲う。亡者といえども、股間への一撃はこたえるようだ。寺本は両手でそこを押さえ、体をくの字に折った。

孝景はその顎に、アッパーを突き上げる。寺本は、再び床にひっくり返った。

「だから、しまっておけと言ったんだ」

孝景が言う。

寺本は股間を押さえて床の上でもがいている。

刑事課長はベッドの上で両手を掲げ、まぶしい光を避けるように顔を覆っていた。鬼龍が発する風が不快なのだろう。

「このまま無極の闇に沈むか、亡者ども」

鬼龍の声が響く。

刑事課長は、風を振り払うようにしゃにむに起きあがり、鬼龍に向かっていった。

「陰陽の理を教えてやる」

鬼龍が大きく右手で宙に九字を切った。動きが止まる。

びくりと刑事課長が背を伸ばした。

鬼龍の両手が伸びて刑事課長の体に触れた。その瞬間、部屋が真っ白に光ったように見えた。おそらく、眼には見えない光なのだろうと、富野は思った。だが、今の富野にははっきりと見て取れる。

刑事課長は宙を見つめて立ち尽くしている。鬼龍はその様子を注意深く見守っていた。

その間に、富野はベッドの上の奈緒美に近づいた。奈緒美は、美しい肢体を惜しげもなくさらし、上半身をもたげている。

「何のために少女たちを殺した」

奈緒美は、かすかにほほえんでいるように見えた。

「あたしが殺したわけじゃない」

「あんたに亡者にされた二人が殺した。二人とは面接しただけじゃなかったんだな」

「ええ。鑑別所を出た後、たっぷりとかわいがってやったわ。あの子たち、サカリがついた犬みたいなものよ。ちょっと誘えばすぐについてきた」

「少女たちの死を何とも思わなかったのか？」

「だから、あれはあたしがやったわけじゃない。あたしがやらせたわけじゃない。安原と木島が勝手にやったことよ」

「当然そういう結果になることを知っていて、二人に手を出した。未必の故意だ」

「逮捕する気？　何の罪で？　検察にはどんな証拠を提出するつもり？」

「逮捕などしない」

富野は言った。「祓うだけだ」

奈緒美は眉をひそめた。

「祓う？」

富野は、刑事課長と鬼龍を見た。

刑事課長がゆっくりと床に膝をつくのが見えた。

富野は、ベッドに這い上がった。奈緒美はそれを見て、両手を伸ばしてきた。

「あら、あたしと楽しみたいのね。あなた、寺本に嫉妬しているだけなのよ。心配ない。あなたもかわいがってあげる」

富野は、奈緒美に覆い被さる。ねっとりとした甘い空気が富野を包み込む。しなやかな真っ白い腕が富野の首に回される。

奈緒美の脚が富野の脚に絡みついてきた。さらに陰の気が強まる。ほとんど窒息しそうなくらいに甘美な空気だ。

奈緒美は自信たっぷりだった。

これで富野を取り込める。そう信じているのだ。富野の首筋に柔らかな唇が押しつけられる。

頭の奥をしびれさせるような快感だ。これでは男はひとたまりもない。

さらに、奈緒美は、妖しげに身をくねらせる。しなやかで柔らかな体だ。

「残念だったな」

富野は言った。

奈緒美の眼に驚きの色が浮かぶ。

「俺には力があるらしい」

「力……？」

奈緒美がかすれた声を出した。

「少なくとも、あんたの虜にはならず、あんたを押さえつけることができる」

奈緒美を上から押さえたまま、首を巡らせて鬼龍に言った。

「さあ、さっさと祓っちまえ」

鬼龍は、呆（ほう）けた様子で床に膝をついている刑事課長を左手で払いのけ、ベッドに近づいた。

宙に九字を切る。

何事かぶつぶつとつぶやく。

「はっ」

突然、鋭い気合いを発した。

富野はすさまじい衝撃を感じて、思わずのけぞっていた。目の前が真っ白に光る。頭の中が吹っ飛んでしまったように感じた。

感電したような気分だ。しばらく息ができなかった。

だが、さらに大きな衝撃を受けていたのは、富野の下にいる奈緒美だった。眼と口を極限まで押し広げ、声にならない悲鳴を上げていた。奈緒美の体が、硬直し、信じられないほどの力で反り返り、富野をはねのけた。

富野はベッドから転げ落ちながらも、奈緒美の様子を見ていた。

鬼龍がさらに九字を切る。

奈緒美は、異常なほど反り返ったまま硬直していた。

鬼龍がベッドに飛び乗り、奈緒美の腹を左のてのひらで押さえつけた。

「はっ」

再び鋭い気合いを発する。奈緒美の体が一瞬白い光に包まれた。やはり目に見えぬ光だろう。

奈緒美の体から力が抜けた。ぐったりとベッドの上に横たわる。

寺本が起きあがり、それを見た。奈緒美の眼からは光が失われている。ぼんやりと脇の壁を眺めていた。

「おおおおお……」

寺本が、低く唸った。悲しげな声だ。

「往生際が悪いな、外道」

孝景が言う。寺本は、きりきりと歯ぎしりをして、鋭く孝景を見た。

「おおおおお……」

唸りながら、孝景に近づく。すさまじい怒りの形相だ。人間のものとは思えない。

孝景は動かない。ひっそりと立っているだけだ。

一転して早い動きで寺本が孝景に飛びかかった。

その瞬間に孝景は身を沈めて、渾身(こんしん)のパンチを寺本の腹に決める。

まばゆい白い光。

寺本の動きが止まった。

孝景も動かない。

やがて、ゆっくりと寺本は床に崩れていった。

「終わったのか?」

富野は、鬼龍と孝景に尋ねた。

「こっちは済んだ」

孝景が事も無げに言う。

「あなたの助けがあったので、無事親玉を祓うことができました」

鬼龍が言った。

「すごい衝撃だったぞ。何をした？」

「あなたの体越しに、彼女を祓いました」

「俺の体越しに？　じゃあ、俺目がけて弾を撃ち込み、貫通させたようなものか？」

「あなたを通過することによって、力が増幅されたのです」

「一言、断ってくれよ」

「その余裕はなかったし、あのときの体勢ではそれしかやりようがなかったのです」

「じゃあ、これで終わったんだな？」

富野がそう言ったとき、突然奈緒美が富野のほうを見た。

強烈な陰の気が奈緒美から放出される。富野は、思わず後ずさっていた。

鬼龍が身構えた。

だが、それを最後に奈緒美の体から力が抜けた。気を失ったようだ。彼女は最後の力を振り絞ったのだった。

富野は、額の汗を拭ってから鬼龍に言った。

「すごい執念（しゅうねん）だな……」

「それだけ、怨みや怒りが大きかったのでしょう」

「これで、本宮奈緒美はもとの彼女に戻るってわけか？」

鬼龍は悲しげにかぶりを振った。

富野は眉をひそめた。

「どういうことだ？　今まではもとに戻っていたじゃないか」

孝景が言った。

「この外道は並の外道とは違う。魂のすべてを陰の気に食われちまったんだよ。その陰の気を祓われ、すべて吐き出しちまった。この女の魂は残っていない」

富野は孝景に言った。

「彼女はどうなる？」

孝景は、肩をすくめると言った。

「廃人だよ」

「廃人……？」

「外道の末路だ」

孝景が冷たく言った。

16

仲根亜由美は、おそるおそるだが、生活に復帰していた。日常生活のリハビリのようなものだ。

しばらく学校を休んでいたが、学校にも再び通いはじめた。男たちが自分を見る眼が異常に感じられた。

同じクラスの子も、先生も……。

理由は簡単だ。誰もが亜由美と関係を持ちたがっている。かつては、そういう生活をしていたのだ。引っ越して学校を変わりたいとも思った。だが、親にそれを話すのが嫌だった。

じっと耐えるしかない。

昔の評判が消え、みんなが、亜由美は変わったのだと思うまで……。

かつてのように、放課後の学校で欲情するようなこともなくなった。

だが、相変わらず、日が傾いた学校の中は好きだった。ちょっと埃っぽい臭い。そして、解放感。

教室からグランドを眺めていると、後ろから声をかけられた。

「よう」

振り向くとタツヤが立っていた。

学校に出てくるようになってから、タツヤとは初めて話をする。何か言わなければならない。だが、何を言っていいかわからない。

思わず眼を伏せた。

「まだ帰らないのか？」

「うん」

亜由美はタツヤのほうを見ずに言った。「こうして、グランド見てるの、好きなんだ」

「おまえも、何か部活やればいいのに」

「いまさら、面倒だよ」

それから、しばらく沈黙が続いた。亜由美は、タツヤのほうを見た。タツヤが何か言いたげにしている。

タツヤに謝らなきゃ……。でも言葉が出てこない。

「あのさ、おまえ、変わったよな」

「え……？」

「いろいろあったけどさ。学校って学年が変わったり、卒業したりしたら、いろいろチャラになるからさ……」

亜由美は顔を上げてタツヤを見た。

「それ、誰かに言ったことがある？」

「ああ。黒いのと白いのに……。あいつらに、会ったんだろう」

「うん」

「俺、あいつらの言ったこと、わかったような気がする。だから、おまえのこともわかってるからな」

亜由美は、タツヤを見つめていた。

涙があふれてきた。

タツヤは照れくさそうにうなずいた。

「それを言っておきたかった」

亜由美は泣きながら言った。

「ごめんね、タツヤ。ごめんね」

タツヤは、ますます困惑したように立ち尽くしていた。

「おまえが悪いんじゃない。じゃあな。俺、部活だから……」

タツヤは去っていった。

次から次へと涙があふれてくる。亜由美の背に柔らかい午後の日が当たっている。その光が優しかった。

やってしまったことは消せはしない。だが、これからも生きていかなければならない。亜由美は、ようやくそれを受け容れる勇気がわいてきたような気がした。

相変わらず、悪ガキどもは街で事件を起こし、富野はその対応に追われている。もともと少年課というのは、非行の防止が主な役割だ。しかし、これだけ少年犯罪が凶悪化してくると、やることは刑事と変わらない。

大都会は犯罪の巣窟だ。現代ではその犯罪の多くに少年が関わっている。少年犯罪にどれくらい亡者が関係しているのだろう。

富野はふとそんなことを思う。

あれ以来、自分の力を自覚することはない。もともと富野は現実主義なので、鬼龍や孝景とともに亡者と戦った事実が、まるで夢だったような気がする。

まるで、夢のよう。

それは、祓われた亡者が必ず口にする言葉だ。

富野は、渋谷の街を眺めていた。日が暮れたハチ公前のスクランブル交差点付近は、着飾った若者たちで埋め尽くされている。

大きな二つの広告用モニター画面と、原色のネオンサインがそれを見下ろしている。

夏が近い。

夏はまた、少年たちの犯罪が増える。

いいじゃないか。

富野は思う。

こうしてまた、日常に戻れたのだ。

田端課長のおかげだった。そして、あのとき、ベッドの上にいた奈緒美、寺本、そして警察庁刑事課長の写真が役に立った。

マスコミにその写真をちらつかせるだけで、砂糖に蟻がたかるようなありさまになった。富野への訴えは狂言ということになり、警察庁刑事課長のスキャンダルが取り沙汰された。

刑事課長は、懲戒免職となり、寺本も警察を辞めた。

彼らがどうなろうと知ったことではなかった。そう思わないとやっていられない。亡者が絡む事件というのは、救いがない。

奈緒美は、精神科に入ったきりになっている。完全に意識が破壊されているようだ。もっと専門的な言い方があるのだろうが、富野にはそうとしか理解できない。廃人になると孝景は言った。まさに、その言葉のとおりだった。

奈緒美のことも、考えないことにした。

安原と木島は、家庭裁判所の判断で精神鑑定にかけられるかもしれない。地検に逆送されて、刑事責任を問われるのだろう。いずれにしろ、富野の手を離れている。

新たな事件が起き、それに対処する。そうした日常が戻ってきた。退屈だった日常。

だが、今は違う。こうして、街を歩くだけでも新鮮な気分になる。不思議なものだ。

すべてが片づいた後に、富野は一度、大和陸橋そばの鬼龍の部屋を訪ねてみた。

そこに鬼龍は住んでいなかった。部屋を引き払ったのだ。

そのとき、鬼龍など最初からいなかったのではないかという、不思議な気分になった。

あの部屋を訪ねてからどれくらい経っただろう。

もう、鬼龍に会うことなどない。富野は、警察の仕事に戻り、彼らは別の世界に戻っていった。

そう思っていた。一抹の寂しさを感じる。結局、鬼龍の携帯電話の番号を訊きそびれた。後悔したときにはもう遅く、鬼龍と連絡を取る手段はなくなっていた。

日が暮れて、渋谷の街はこれからがいっそう賑やかになる。ハチ公前交差点の信号が変わり、人々がいっせいに歩き始める。

富野もその人の流れに乗った。センター街や井の頭通りを巡回するつもりだった。

センター街に入ったとき、ふと、人並みの向こうに、黒ずくめの男と白い服の男を見たように思った。

富野は、はっとし、彼らを追いかけようかと思った。

だが、思いとどまった。

富野は、ほほえんでいた。

鬼龍光一と安倍孝景だったかもしれないし、そうではなかったかもしれない。

黒と白の二人を見かけたのは一瞬のことだった。
鬼龍と孝景は、今もどこかで亡者を追っているに違いない。いつかまた、必ず鬼龍に会えるはずだ。必要があれば、鬼龍光一はきっと俺に会いに来る。

富野はそう思った。その日が、少しだけ待ち遠しいような気がした。

解説

関口苑生

近年、ハイブリッドだとかコラボレーションといった、いわゆる「合わせ技」が発揮する技術と製品の向上性が世界の主流となりつつある。それもひとつの分野だけではなく、文化、芸術、食、工業、科学……など、ありとあらゆるところでこの現象が見られるようになっている。もちろん文学の世界でも同様だ。面白い小説、心に残る小説を生み出すために、ジャンル、カテゴリー、枠組みを超えて、自由な発想のもとに物語を紡ぎあげる作家が増えてきた。

そんな中にあってわれらが今野敏は、デビュー当時からそうした技の研鑽を実践してきた、先駆的な作家であったように思う。

彼の作品は、SF＋拳法＋アクション＋伝奇＋ミステリー……と、さまざまな面白要素をたっぷりと詰め込んだ、まさしくハイブリッドな小説であったのだ。

個人的な感想だが、単行本デビュー作である『ジャズ水滸伝』（初刊は一九八二年、現在は『奏者水滸伝――阿羅漢集結』と改題）を読んだとき、この作家ちょっと凄えぞ！と直感的に思い、読者として一方的に思いを寄せるファンとなったのだったが、それから三十数年を経た今にいたるまで、その思いは変わっていない。今野敏は、今も凄いと確信している。

本書『陰陽 鬼龍光一シリーズ』（初刊は二〇〇一年）にしても警察小説と伝奇小説、それに活劇小説の見事なるコラボで、冒頭から読者の興味をがっちり摑んで離さない。が、まずその前に語っておかなければならないことがある。

本書は祓師〈鬼龍光一〉シリーズの第一作目と言ってよいのだが、実はこれ以前に原型とも言うべき作品がある。一九九四年に発表され、角川文庫にも収録されている『鬼龍』がそれだが、こちらの主人公は「鬼龍浩一」という名前であった。しかしながら、古代から連綿と続く鬼道衆の一員で〝亡者祓い〟を生業とすることや、その他もろもろの共通事項もあり、実質的には『鬼龍』がシリーズ第一作と称して差し支えないかもしれない。実際に、『本の旅人』二〇一五年七月号でのインタビュー記事では、著者自らそれを認めているようにも見受けられた。

とはいえそれにしても、本書の刊行が二〇〇一年だから、一作目からは七年の歳月が流れているのだった。だがシリーズの変転推移はさらに続く。実質三作目の『憑物』が発表されたのが二〇〇三年。二〇〇四年の『パラレル』では、今野敏の四つのシリーズ主人公たちがオールスター出演する中で鬼龍らも登場したが、これはあくまでスポット参加だった。そしてシリーズ四作目の『豹変』がその十数年後、二〇一五年に発表される。つまり第一作から数えると、二十一年の月日をかけてこのシリーズは書き継がれてきたのである。しかも版元の出版社も移ってきているのだった。

そんな風になってしまったのはさまざまな事情があったのだろうが、わたしはこういう形が実に何とも今野敏らしいなと感じる。というのも、彼にはほかにも似たようなケースが幾つかあるからだ。代表的な例では、現在の〈東京湾臨海署安積班〉シリーズだろう。最初は〈東京ベイエリア分署〉として始まったものが、中断やスピンアウト的作品などを経て、今や今野敏の代名詞となるシリーズにまで成長したのは、ファンならずともご承知かと思う。ほかにも今野敏初めての本格的SFで、愛するガンダムへのオマージュともなっていた〈宇宙海兵隊〉が中途半端なまま終わってしまい、後に〈宇宙海兵隊ギガース〉となって復活した例もある。さらには、テレビの報道番組記者と警視庁捜査一課の刑事がコンビを組む〈スクープ〉シリーズや、〈ボディーガード工藤兵悟〉シリーズなども長い中断の後（なんと十七年ぶりだった！）、見事なる復活を遂げて再び読者の前にその雄姿を見せたものだった。

これらの復活劇の裏側にも、やはり相応の事情があったと思われるが、ここで記しておきたいのはそんなこととは関係なく、作者である今野敏のキャラクターに対する熱く深い愛情だ。自分が生み出したキャラクターへの思い入れは、どれほどの時間が経とうとも薄れることがなかったのだ。こんなところにも今野敏の優しさと、しなやかさと、強さが感じられる……とはわたしの贔屓目か。

本シリーズにしてもしかり。

茫洋としながらも、どこか神秘的なたたずまいを持つ鬼龍光一の人物造形は、より際立つ形となって深い印象を与えるのに成功している。ひと回り成長した光一の姿が見られるのだった。さらには本作品から鬼道衆の分家筋で、奥州勢と呼ばれる祓師のひとり安倍孝景が登場。そしてこのふたりに加えて、警視庁生活安全部少年一課に勤務する富野輝彦巡査部長が事件を捜査する。先にも記したが、これはつまり伝奇小説と警察小説のジャンル・ミックス作品なのである。

この世は、すべて陰と陽のバランスで成り立っている。言わばプラスとマイナスの均衡だ。人間の社会や、人間自身も陰と陽のバランスで成り立っている。ところが怒りや憎しみ、悲しみ、妬みなどのマイナスの感情が凝り固まると、そこに大きな精神エネルギーが生じて、人は亡者になる。孝景に言わせれば外道である。

だが陰の気それ自体は、人が生きる上でのエネルギー源となる。出世を願ったり、金を儲けようとしたりという気持ちが湧くのも陰の気のおかげだ。また陰の気は官能に強く作用するから、子孫を残すためには必要なものである。しかし、陰の気が強すぎると、暴力的になったり色欲に溺れたりする。それが高じると亡者となり、人に害をなすことになる。鬼龍らはその陰の気を祓い、陰と陽のバランスを整える役目を担っているのだった。

陰の気というのは、当然普通の人間には目に見えないものである。ある種のオーラと言っていいかもしれない。けれども、その陰の気に取り憑かれた人間は目に見える現実の存在だ。何がどうなっているのか、ちょっと見にはわからないだろうが、その人間が何かしらの犯罪をおかした場合は、問答無用で犯罪者として逮捕される。かくして伝奇小説と警察小説の融合は、見事に無理なく達成されていく。まさにこれはコロンブスの卵ではないか。なんと整然とした当たり前の流れであったことか。

そこでふと思い出したのが、フランスの学者クレマン・ロセが「恐怖」について定義した言葉である。彼は対象がきわめて明快、現実的で、人を突然襲う恐れの感情とは区別して、

「恐怖とは、現実にではなく、非現実に対する常ならぬ危惧に基づいた不安の特殊形態」

と定義した。恐怖の正体とは、超自然的なものからくる不安感だというのである。ところがその直後に、実は超自然的などというものよりもっと怖いのは、現実世界に「在る」ものだと続けるのだ。

「恐怖が異様なものに対する感情なのは確かだが、現実はそれ自体が常に奇異なものであって、最も奇異なる世界とさえいえるのだから、あらゆる恐怖が結局は現実世界をめぐる恐怖であるほかはない」

同じような趣旨のことは、芥川龍之介「侏儒の言葉」の中にも書かれてあったような気がする。また自らの恐怖の感情を執拗に表現し続けた作家モーパッサンも、実在し、明示可能な事物を要因とするあらゆる種類の恐れと、超自然の〈恐怖〉——数々の分身

幻想、遊離症状など、彼が恐怖の定義とした霊魂解体の現象との相違、立ち現れ方、襲いかかってくる模様を作品の中で何度となく描いている。

これらはいずれも、目に見えないものに対する恐怖の感情と、目に見えるものに感ずる怖さなり恐れの現実感との微妙な差を指摘している。多分に牽強付会的なところはあるかもしれないが、この関係は鬼道衆が祓う陰の気と、富野刑事が追う陰の気に取り憑かれた人間が、それぞれに醸し出す恐怖の実現との関係と見事に一致するのだ。

それを今野敏が描くと、こんなにも面白いエンターテインメントになるのが凄い。

物語は、東京都内で同じ手口の連続殺人事件が起きることから始まる。犠牲者は女性ばかりで、暴行された痕跡があり、全身のありとあらゆる場所に打たれたり、握られたりした跡が残っていた。手首には粘着テープのノリも付着していた。そして絞殺されたのだ。もしかしたら、性行為をしながら首を絞めたのかもしれない。

この事件の捜査本部に加わることになった富野は、臨床心理学者の本宮奈緒美とコンビを組んで捜査にあたる。そんなおりに出会うのが鬼龍光一であり、安倍孝景であった。

ここで感心するのは、物語が基本的に富野の視点で進行していく展開だ。事件の発生から犯人の逮捕まで、捜査当局の動きを本格的な警察小説と同様の描き方で進めていくのである。光一と孝景は、その合間合間に姿を現し富野の眼前で鬼道の力を発揮する。そうすることで、彼らの神秘的な力と存在が一層浮き彫りにされていくのだった。

ともあれ本書は、人間の感情の複雑微妙な揺れ動きを、はっきりと目に浮かぶ形で描いた奇跡のような作品と言ってよい。そして物語は、まだまだ続くのだった。多くの謎を含みながらだ。

本書は二〇〇九年十月に中公文庫から刊行された『陰陽　祓師・鬼龍光一』を底本とし、副題を改題したものです。

陰陽(おんみよう)

鬼龍光一(きりゅうこういち)シリーズ

今野 敏(こんの びん)

平成28年 1月25日 初版発行
令和6年 10月30日 12版発行

発行者●山下直久

発行●株式会社KADOKAWA
〒102-8177 東京都千代田区富士見2-13-3
電話 0570-002-301(ナビダイヤル)

角川文庫 19549

印刷所●株式会社KADOKAWA
製本所●株式会社KADOKAWA

表紙画●和田三造

ISBN978-4-04-103374-6 C0193

◆◇◇

角川文庫発刊に際して

角川源義

第二次世界大戦の敗北は、軍事力の敗北であった以上に、私たちの若い文化力の敗退であった。私たちの文化が戦争に対して如何に無力であり、単なるあだ花に過ぎなかったかを、私たちは身を以て体験し痛感した。西洋近代文化の摂取にとって、明治以後八十年の歳月は決して短かすぎたとは言えない。にもかかわらず、近代文化の伝統を確立し、自由な批判と柔軟な良識に富む文化層として自らを形成することに私たちは失敗して来た。そしてこれは、各層への文化の普及滲透を任務とする出版人の責任でもあった。

一九四五年以来、私たちは再び振出しに戻り、第一歩から踏み出すことを余儀なくされた。これは大きな不幸ではあるが、反面、これまでの混沌・未熟・歪曲の中にあった我が国の文化に秩序と確たる基礎を齎らすためには絶好の機会でもある。角川書店は、このような祖国の文化的危機にあたり、微力をも顧みず再建の礎石たるべき抱負と決意とをもって出発したが、ここに創立以来の念願を果すべく角川文庫を発刊する。これまで刊行されたあらゆる全集叢書文庫類の長所と短所とを検討し、古今東西の不朽の典籍を、良心的編集のもとに、廉価に、そして書架にふさわしい美本として、多くのひとびとに提供しようとする。しかし私たちは徒らに百科全書的な知識のジレッタントを作ることを目的とせず、あくまで祖国の文化に秩序と再建への道を示し、この文庫を角川書店の栄ある事業として、今後永久に継続発展せしめ、学芸と教養との殿堂として大成せんことを期したい。多くの読書子の愛情ある忠言と支持とによって、この希望と抱負とを完遂せしめられんことを願う。

一九四九年五月三日